Ingeborg Christel Spiess

In der wahren Gralsburg
Die Arthus-Legende reloaded

Ingeborg Christel Spiess

In der wahren Gralsburg
Die Arthus-Legende reloaded

Arthurus und Anthea

Verlag
LILA Das göttliche Spiel

Herstellung: BoD - Books on Demand
Bestelladresse: Verlag LILA Das göttliche Spiel
www.verlag-lila-das-goettliche-spiel.de
und www.muetter-und-vaeter-der-welt.de
e-mail: webmaster@muetter-und-vaeter-der-welt.de
oder Telefon: 05821/992511(falls sich die Nummer ändert,
bitte auf die website gehen oder auch Telefonansage beachten)
oder im Buchhandel: Books on Demand

Copyright: 2012 alle Rechte vorbehalten
Umschlaggestaltung: Norbert Knoblauch und die Autorin
Titelbild: Idealentwurf von Christian Jank, 1869/Bayerische Verwaltung
der staatlichen Schlösser, Gärten und Seen, Neuschwanstein-projet.jpg
http://upload.wikimedia.org/wikipedia/commons/3/35/Neuschwanstein
Zeichnung von Arthurus: die Autorin und Verlegerin
Zeichnungen innen im Buch: die Autorin und Almut Starke
Die Autorin und Verlegerin ist auch für Seminare und Einzelsitzungen
unter o.g. Telefonnummer oder unter oben genannten Internetpräsenzen
zu erreichen.

ISBN: 978-3-00-039181-1

Inhaltsverzeichnis   *Seite*

Vorwort..	9
König Arthus und die Tafelrunde......................................	15
Der heilige Gral	21
Was ist Religio?...	31
Die Sonnenmeditation...	36
Die urgeistige, die geistige und die stoffliche Welt.........	40
Unsere Welt ist eine Kopie der geistigen Welt................	43
Die erste Burg, die Gralsburg..	51
Die zweite Burg, die Is-Burg...	107
Die dritte Burg, der Kristallpalast.....................................	128
Anhang zur Arthurusrunde..	143
Nachwort..	152

Zeichnung von der Autorin.
Annäherung an König Arthus, wie ihn die Autorin und Verlegerin aus der geistigen Welt kennt/© die Autorin.

Vorwort

Liebe Leserin, lieber Leser,
über die Gralsburg ist viel geschrieben und viel spekuliert worden; die Reichweite geht von echtem inneren Wissen (Rudolf Steiner, Abd-rushin) bis hin zu den vielen Sagen, die um König Arthus und seine Frau Guinevere gewoben wurden. Als Beispiel möchte ich das Buch „Die Nebel von Avalon" von Marion Zimmer Bradley erwähnen. Dieses Buch konnte eines der größten Erfolge verzeichnen, weil es in einer Zeit publiziert wurde, in der die New Age Bewegung fast auf ihrem Höhepunkt war und sich viele Menschen – und darunter insbesondere die Lichtarbeiter – selbst mit diesem tiefen inneren Wissen aus vergangener Zeit identifizieren, wenn nicht sogar auf die eine oder andere Weise daran erinnern konnten, dass auch sie schon in vergangenen Leben ähnliches erlebt hatten.

Je mehr ich mittels meiner von mir entwickelten schamanischen Religio(Rückbindungs-)techniken mit dem Himmel und seinen verschiedensten Himmelsebenen in Verbindung treten konnte, um so mehr nahm ich mir schon vor ein paar Jahren vor, mich irgendwann in die himmlische Gralsburg zu begeben, denn das war mir klar, selbst die Tempelritter sowie auch die Katharer, konnten nicht mehr viel von der echten Gralsburg und dem heiligen Gral gewusst haben, denn sie versuchten sie nicht durch Religiotechniken im geistigen Bereich, sondern im sichtbaren stofflichen Bereich auf unserer Erde zu finden.

So viel möchte ich hier im Vorwort schon andeuten und meine Leser neugierig machen:
Es gibt in der geistigen Welt nicht nur eine Gralsburg. Es gibt drei übereinanderliegende Burgen insgesamt. Diese drei habe ich in einem Zeitraum von ungefähr einem dreiviertel Jahr geistig durchwandert und meine Erfahrungen in ihnen dokumentiert.

Diejenige stoffliche Gralsburg, von der in den Legenden – sie datieren ungefähr aus dem 5. Jahrhundert – immer die Rede ist, ist als eine Kopie aus dem geistigen Bereich zu verstehen. Sie ist diejenige Burg, in der nach der Legende König Arthus mit seinen Rittern und dem heiligen

Gral zu Hause war, den auch die Tempelritter und anderen Orden zu finden hofften.
Im geistigen Bereich liegt die Urfassung der Gralsburg. Sie ist – von unserer Erde aus gesehen – uns noch am nächsten. Darüber liegt im Mesobereich (der Mesobereich stellt die mittlere Ebene im Makrokosmos dar) die Is-Burg (die Eisburg) und darüber der Kristallpalast (auch Glanz- oder Glaspalast genannt), in dem die letzte wesenhafte und damit noch mit dem dritten Auge sichtbare Ur-Königin ihr Reich bewohnt.

Ich empfand meine geistigen Reisen in diese Burgen immer als eine Entsprechung der irdischen, spirituellen Reise auf dem Jakobsweg nach Santiago de Compostela. Denn genau so, wie man sich für diese Reise vorbereiten – gute Schuhe anziehen, genug Geld mitnehmen und den Rucksack (wegen seines Gewichts) bescheiden und doch gut ausgestattet packen – muss, genau so muss man sich auf dem geistigen Wege darauf vorbereiten, einen langen und auch manchmal beschwerlichen Weg zu gehen. Meine für diese Reise angewandten Religiotechniken entsprechen den wichtigen Wanderutensilien der Reise auf dem Jakobsweg. Aber wie auch für die Reise nach Santiago de Compostela, wenn man sie richtig vollzieht, gehört für eine geistige Reise immer die Demut und der Respekt vor dem Himmel und dem, was einen an geistigen Erfahrungen erwartet, dazu. Fast Abend für Abend habe ich in den Burgen zugebracht. Dabei bin ich auf viel Wissenswertes über mich selbst – insbesondere meine Rolle in der Gralsburg und der darüberliegenden Is-Burg – sowie auf das große, verlorene, spirituelle Wissen über die Arthusrunde und den Gral gestoßen, das für unsere Zukunft so wichtig ist, weil der Mensch wieder mehr verstehen muss von dem Aufbau unserer ätherischen/geistigen und urgeistigen Welt.

Doch bevor ich alle Einzelheiten meiner Sichtungen beschreibe, möchte ich mich zu Beginn dieses Buches erst einmal mit dem beschäftigen, was von der Gralslegende und König Arthus Tafelrunde an Wissen auf der Erde übriggeblieben ist, denn erst dann kann ich einen Übergang zu dem von mir Gesehenen schaffen, und den Leser auf eine – meine – spirituelle Reise mitnehmen; auf eine Reise in eine wunderbare Welt, die innerhalb und außerhalb von uns existiert und es uns erst möglich macht, dass die Energie und das Wissen Gottes durch das Weltall für uns auf die Erde gebracht werden kann. Denn nur durch die Weisen der

Burgen und den Räten in König Arthus Runde, die – weil selbst oft auf auf der Erde gewesen – viel vom Menschsein verstehen, ist es für Gott garantiert, seine Energie in Form von Lichtduschen zu uns Menschen in der richtigen Quantität geleitet zu wissen. Nur durch die Lichtduschen Gottes, kann die Energie des Universums regelmäßig erneuert und dafür gesorgt werden, dass wir nicht wie Zombies herumlaufen, sondern zu hohen spirituellen Wesen werden dürfen. Nicht nur unser Überleben, sondern auch unsere Kunst, Kultur, Technik, Musik, Religion, ja quasi fast alles, was wir auf der Erde bewirken, ist von ihnen abhängig. Künstler wie Mozart, Bach, Verdi, Dali, Michelangelo u.a. wurden durch sie inspiriert, aber auch Erfindungen sowie große kosmische Einsichten sind immer von Gott, dem Superdesigner zu uns mittels Lichtquanten nach unten geleitet worden und erreichen insbesondere diejenigen Menschengruppen oder auch einzelne Menschen, die von ihrer Seelenreife her eine große Andockfähigkeit und -möglichkeit für diese kulturellen Erfindungen und Weiterentwicklungen haben und dafür schon oft vor ihrer Inkarnation ausgesucht wurden, und auch die Kraft mitbekommen haben, trotz oft hier auf der Erde widriger Umstände an ihren kosmischen Aufgaben nicht zu verzweifeln und immer weiterzumachen. Diese Lichtdusche ist für diejenigen Menschen damit auch immer als eine Wertschätzung für sie aus dem Kosmos zu verstehen. Dieses Wissen kann man auch in den aufgezeichneten Märchen der Gebrüder Grimm noch finden – in dem Märchen von Frau Holle zum Beispiel (sie ist übrigens die Königin Is-Holde in der Is-Burg!), das durch dieses Buch nun auch zu neuer Bedeutung finden kann.

Die Lichtduschen haben die Menschen vergessen, aber die Sauciere oder auch der Kelch sind ihnen als „heiliger Gral", als ein irgendwie wichtiges Gefäß, glücklicherweise in Erinnerung geblieben – nun aber ist es Zeit, das wenige übrig gebliebene Wissen darüber zu revidieren und den Menschen wieder seine wahre Bedeutung zukommen zu lassen, denn beides, die Lichtduschen und der heilige Gral sind nicht voneinander zu trennen und sollten von uns als Geschenk Gottes geschätzt und angenommen werden.

Für diejenigen, die sich mit dem großen „Meister St. Germain" bereits in vielfältiger Weise beschäftigt haben, liegt eine große Überraschung bereit: Er ist *der* große König der übriggebliebenen Legende. Er ist *der*

König Arthus, der mit seinen Brüdern am ovalen Tisch in der geistigen Gralsburg sitzt und darüber entscheidet, wieviel von der Energie der Lichtdusche mit den Ideen und dem Wissen für unsere Evolution auf uns heruntergeleitet werden darf. Er ist auch der große König, der sich für uns innerhalb unserer Zeitgeschichte immer mal wieder verstofflicht hat und versucht, ein Abbild seiner Burg auf die Erde zu bringen, damit die Geschichte um den Gral und seine Arthusrunde nicht völlig in Vergessenheit gerät.

Er ist es auch, der es als Weltenwanderer und Wiedergänger – ob er sich dann selbst als Graf Saint Germain oder auch anders bezeichnet – immer wieder möglich macht, von ihm ausgesuchte Personen auf unserer Erde aufzusuchen, um ihnen beizustehen und sie spirituell auf die eine oder andere Weise zu begleiten, damit ihre Entwicklung als weiser, verantwortungsvoller und spiritueller Mensch garantiert ist.

Dass auch Jesus Sitz in der Gralsburg ist und dass er zu den zwölf Räten gehört, sowie von seinem „Gegenspieler Damian", auch davon erzählt dieses Buch.

Das in diesem Buch wieder aufgelegte Wissen über die Arthusrunde und den heiligen Gral soll nicht nur die Legenden revidieren helfen, sondern uns in Zukunft auch dabei helfen können, unsere politischen, sozialen und spirituellen Gegebenheiten hier auf der Erde der Gralsburg anzupassen, damit es endlich zu einer neuen und gerechteren Ordnung für alle (auch für die Tiere, die Pflanzen; eben unsere Mutter Erde insgesamt) und zu dem uns verheißenem Goldenen Zeitalter kommen kann. Dazu mehr in meinem Nachwort.

Dieses Wissen und noch viel mehr auf die Erde zu bringen und den Menschen wieder verständlich zu machen, wurde ich gelehrt und auch (wieder-)geboren (mein erster Vorname Ingeborg bedeutet nicht von ungefähr in etwa die „Schutzburg" oder auch „die beschützende Burg").

Es ist mir mit diesem Buch eine große Ehre, allen Meistern, Engeln und Königen und Königinnen im Himmel zu dienen – ja mehr noch – ihnen auf diese Weise meine große Liebe, meinen Respekt und meine Anerkennung entgegenzubringen und sie auch von hier, unserer Erde aus, zu unterstützen und zu beschützen.

Ich wünsche Ihnen, liebe Leserin und lieber Leser, dass auch Sie sich nach der Lektüre dieses Buches mittels Religiotechniken aufmachen wollen zu einer Reise in eine Ihnen bis dato fremde – und doch immer irgendwie bekannt gewesene – Welt, weil diese ja nie von uns allen zu trennen und tief in uns verankert ist.
Die Autorin, in den Burgen Anthea genannt.

Eine der vielen Legenden um König Arthus:

Es gab einmal einen mächtigen und gerechten König. Sein Name war Arthus. Er war der Sohn des Königs Uther Pendragon und seiner Gattin, der Königin Igraine. Es war das Schwert Exalibur, das Arthus als richtigen – von Gott gewollten – König auswies, denn nur er hatte die Fähigkeit besessen, seine harte Klinge aus einem Stein herauszuziehen. Er bekämpfte damit die in Britannien eindringenden Sachsen und machte sich mit seinen tapferen Rittern auf die Suche nach dem verlorenen Gral. Arthus verliebte sich in Guinevere und heiratete sie gegen den Rat des weisen Zauberers Merlin, der ihm vorhergesagt hatte, dass ihre Liebe nicht ihm, sondern seinem besten und treuesten Ritter Lancelot gehören würde. Diese Liebe sowie der Hass seines illigitimen Sohnes Mordred, der aus einer magischen, aber verbotenen Nacht mit seiner Schwester Morgaine, der Magierin von Avalon hervorgegangen war, brachte den König so nach und nach zu Fall. Nach einem tödlich endenden Zweikampf, bei dem auch sein Sohn starb, wird Arthus auf die Insel Avalon gebracht und geistert dort – nicht lebendig und nicht tot – bis Britannien ihn wieder brauchen wird.

König Arthus und die Tafelrunde

Unsere alte Welt der Naturreligionen gibt es nicht mehr. Sie ist versunken in der Welt von Avalon. Avalon, Morgaines Apfel- und Fraueninsel, muss nun in den Nebeln von Avalon als eine Metapher für die Welt herhalten, die es einmal gab, als die Menschen noch mit den kleinen und großen Wesenheiten auf der Erde und im Himmel in Verbindung treten konnten. Seitdem sind es nur noch Schamanen und andere wenige Eingeweihte, die sich auf kosmische Weisung hin an das alte Wissen anschließen können und sollen, damit es nicht ganz im Genpool der Erde verschwindet.

König Arthus Tafelrunde und der heilige Gral sind niemals zu trennen gewesen. Die Geschichten, die sich um ihn und seine Tafelrunde und der Welt von Avalon ranken, kann man in vielen Werken des Mittelalters finden. In der Geschichte Britanniens kommt King Arthur um 500 n. Chr. eine wichtige Rolle gegen die eindringenden Angeln und Sachsen zu. Später wurden die Legenden um ihn insbesondere durch Geoffrey of Monmouth, einem Geistlichen aus Oxford, etwa um 1136, dem altfranzösischen Dichter Chrétien de Troyes, so um 1172, und fast dreihundert Jahre später, etwa um 1470, durch den Schriftsteller Sir Thomas Malory, weitergereicht und ergänzt.*

Doch gibt es keine Quelle, die einen König Arthus wirklich belegen kann. Erzählungen wurden im Gedächtnis der Zuhörer von Jahrhundert zu Jahrhundert gespeichert; Historie wurde ergänzt, verfälscht und mythologisiert – je nach der gerade existierenden Politik und Religion und ihren jeweiligen Ethiken. Wichtig war es nicht eine belegbare Historie zu schildern, wie es die heutige Wissenschaft tun würde, sondern die Menschen mit ihren Erzählungen von der Sagengestalt zu beeindrucken und sie damit zu unterhalten, sie aber auch so zu beeinflussen, dass sie mit ihren Emotionen den Herrschern und Religionsinhabern und -hütern der jeweiligen Zeit zu Diensten zu sein, gefügig gemacht werden konnten. Und da in dieser Zeit fast nur der Adel und die Kirchendiener gebil-

---

* Quelle: http://de.wikipedia.org/wiki/artus

det waren, konnten sie mit diesen Emotionen auch spielen; die Menschen mit ihrer Liebe zu Mysterien (ihrem damaligen Kopfkino) und mit ihrer Frömmigkeit zu Kriegen aufstacheln, sie zu mehr Arbeit bewegen, um diese Kriege führen und auch selbst gut leben zu können. Es ist natürlich selbstverständlich, dass so eine Sagengestalt wie König Arthus damit von einer Überhöhung in die andere geraten musste, der man letztendlich fast alles andichten konnte. Man würde heute sagen: Er bot eine wunderbare Projektionsfläche für die Fantasie des Volkes und für den Machtwillen der kirchlichen und weltlichen Mächtigen der jeweiligen Zeit. Mit der Geschichte um König Arthus und seiner Tafelrunde und der Suche nach dem heiligen Gral handelt es sich um Mythosvermischungen durch die verschiedensten Völkerstämme, die in die Bretagne eingewandert waren. Insbesondere der Norden von Frankreich war über Jahrhunderte hinweg von den verschiedensten Bevölkerungsstämmen bewohnt gewesen, die in ihren religiösen Ansichten den Naturreligionen noch sehr nahe standen und damit befähigt waren, mit den uns früher zur Verfügung stehenden alten Religiotechniken mit dem Himmel in Verbindung gehen zu können; insbesondere sagt man das dem Volk der Kelten nach. Sie kamen von Osten her über die Bretagne nach Britannien. Auch sie kann man nicht als ein einheitliches Volk betrachten; auch sie hatten sich zuvor bereits mit vielen anderen nomadischen Völkern aus dem Osten und Süden zusammengefunden. Mit Stonehenge hinterließen sie in England nicht nur ein Zeichen ihrer Kultur, sondern durch die weitere Vermischung mit den normannischen und britannischen Völkern kam ihnen dann auch eine bedeutsame Rolle in der Kulturgeschichte Großbritanniens zu.

Nach der echten Gralsburg, in der König Arthus mit seinen Männern und Frauen gelebt haben soll, wurde immer wieder gesucht. Vorwiegend wurden Festungsruinen im Südwesten Englands damit in Verbindung gebracht, aber auch in Spanien und in Frankreich, den französischen Pyrenäen, glaubten viele die Gralsburg finden zu können. In der Umgebung von Glastonbury sollen 1190 sogar angeblich die sterblichen Überreste von Arthus und seiner Gemahlin Guinevere gefunden worden sein. Im Winchester Castle hängt ein runder Tisch aus dem 13. Jahrhundert, der als *der echte* Tisch der Tafelrunde von König Arthus gilt. Aus Montségur in den französischem Teil der Pyrenäen hält sich das Gerücht, dass es einige Katharer gab, die den Gral aus Arthus Ritterrunde retten konnten. Marion Zimmer Bradley hat in ihrem großen Ritterepos „Die Nebel von Avalon" die Legende um Arthus wieder aufleben lassen. In diesem Buch erzählt Morgaine, die Schwester von Arthus von ihrem königlich geborenen Bruder und Camelot, dem Sitz des Königs, in dem die Legende spielt. Der Autorin ist es in diesem Buch gelungen, aus der Sicht von Frauen zu erzählen. Sie kannte bereits mit zehn Jahren die Arthussage in- und auswendig. Dazu aus ihrer Danksagung im Epilog, Fischer Verlag, Seite 1117: „Wahrscheinlich sollte ich an erster Stelle meinen Großvater John Roscoe Conklin nennen. Er schenkte mir als erstes Buch ein zerlesenes Exemplar der Sidney-Lanier-Ausgabe der Tales of King Arthur. Ich las es so oft, dass ich die Geschichten praktisch alle auswendig kannte, noch ehe ich zehn Jahre alt war..." und weiter: „... mit fünfzehn schwänzte ich oft die Schule und versteckte mich in der Bibliothek des Department of Education in Albany, New York. Dort verschlang ich die zehnbändige Ausgabe von James Frazers „Der goldene Zweig" und ein fünfzehnbändiges Werk über vergleichende Religionsgeschichte. Dazu gehörte auch ein dicker Band über die Religionen der Druiden und Kelten." Aus meiner Sicht hatte Marion Zimmer-Bradley die kosmische Aufgabe die Legende für unsere Zeit wieder aufleben und vor allem auch die Frauen darin mehr zu Wort kommen zu lassen. Sie beschäftigte sich auch näher mit den Überlieferungen von der Legende von Josef von Arimitäa, der einen Abkömmling des heiligen Dornbusch in Glastonbury gepflanzt haben soll* – und sie setzte

Dazu aus www.uni-protokolle.de/Lexikon/Glastonbury.html:

* „Josef soll Glastonbury per Schiff während einer Überflutung der Somerset Levels erreicht haben. Als er an Land ging habe er einen Stab in den Boden gerammt, der wunderbarerweise zum Heiligen Dornbusch von Glastonbury austrieb – als Erklärung für die Existenz eines hybriden Weißdorns der im Umkreis einiger Meilen um Glastonbury wächst. Dieser Weißdorn blüht zweimal im Jahr einmal im Frühjahr das zweite Mal zur Weihnachtszeit (in Abhängigkeit vom Wetter). ... Der ursprüngliche Heilige Dornbusch war im Mittelalter das Ziel vieler Pilger, er wurde jedoch während des Englischen Bürgerkriegs abgehackt. In der Legende erblindete der Soldat durch einen dabei herumfliegenden Splitter. Ein Ersatzbusch wurde im 20. Jahrhundert auf dem Wearyall Hill gepflanzt, aber viele andere Exemplare dieser Art wachsen überall in Glastonbury, die Abtei Glastonbury eingeschlossen."

sich mit denjenigen keltischen Legenden auseinander, die besagen, dass Jesus in Glastonbury Tor, in der Religion von Weisen unterrichtet worden sein soll (auch Seite 1117). Man sieht daran, dass die Tafelrunde nicht nur in der Arthus Legende, die sich auf die Jahre um 500 nach Chr. bezieht, eine Rolle spielt, sondern dass es vorher auch mit dem Abendmahl schon eine Tafelrunde bei Jesus gegeben hat.

Viele verschiedene Legenden wurden geformt und umgeformt, auf die ich nicht im Einzelnen eingehen kann, weil es sich mit diesem Buch nicht um ein weiteres Ritterepos, über die auf der Erde zu findende Burg, handeln soll. Ich will und soll über die *Ur-**Gralsburg*** berichten, um damit die alten Legenden um King Arthur zu berichten und neu zu schreiben; was natürlich den Charme vieler geschriebener Werke über Arthus und den Gral auf der Erde nicht schmälert, wenn man von den kriegerischen Anteilen einmal absieht.

In diesem Buch geht es vornehmlich um das verlorene geistige Wissen aus der – immer im Ätherischen beheimatet gewesenen – Gralsburg und auch der darüberliegenden Is-Burg sowie dem Kristallpalast. Alle drei gehören zusammen und sind als eine Einheit zu betrachten.

Dieses Buch werde ich, wie meine anderen Bücher auch, wieder nicht alleine schreiben. In der Folge werde ich Arthus selbst dazu immer wieder zu Wort kommen lassen – denn wenn nicht er, wer dann kann von seiner Funktion im Himmel erzählen und Mythologisierungen aufheben oder berichtigen?

Vor Entstehung dieses Kapitels hatte ich Arthus gefragt, ob seine Geschichte in England oder in Nordfrankreich entstanden war.

„Ich gehe natürlich mit meinen Schilderungen aus der geistigen Welt vor, da, wo ich beheimatet bin. Es waren die Menschen mit ihren verschiedensten Mythologien, die mich zu einem unnachahmlichen Herrscher machten. Die Engländer waren es nicht und auch nicht die Angelsachsen, die mich mit ihren Geschichten zum Herrscher gemacht haben.

Die Kelten brachten meine Geschichte – die aber immer erst eine geistige Geschichte gewesen war – zu den Angelsachsen und dort gab es so eine Art Wettstreit, wer mich zuerst besessen hatte. Jedoch bin ich der Herrscher hier über die Tafelrunde und nichts weiter. Ich hätte nie solche Kriege geführt, die in euren Filmen heute noch zu einer teuflischen Überhöhung von mir kommen, weil eure Männerwelt mit ihren kriegerischen Fantasien so aus den Fugen geraten ist.
Arthus"

„"„Nein", erwiderte sie. „Die Suche nach dem Gral ist zu Ende! Du bist ausersehen, nach Camelot zurückzukehren und es allen zu verkünden. Aber den Gral kannst du nicht mitnehmen. Kein Mensch kann ihn berühren oder ihn sich aneignen..."

Aus: Die Nebel von Avalon von Marion Zimmer Bradley, Fischer Taschenbuch Verlag, Seite 1035, ein Gespräch zwischen Morgaine, der Magierin von Avalon und Lancelot, dem Ritter aus der Arthusrunde.

Der heilige Gral

Die älteste Gralsgeschichte, die wohl geschrieben wurde (Le Contes del Graal) geht auf das Jahr 1190 zurück, so sagt man. Jedoch ist es nach meiner geistigen Recherche für dieses Buch eindeutig, dass das Wissen um den heiligen Gral so alt wie die Menschheit sein muss, denn die ätherische Gralsburg, in denen das Gralsgefäß beheimatet ist, ist so alt wie die Erde selbst. Sie gilt für Gott in der geistigen Ebene als Übergang zur Erde, damit seine Energie, sein Wissen und sein Wunsch für unsere körperliche, seelische und kulturelle Entwicklung als (Photonen-)Licht- oder Energiestrahl auf uns „herabregnen" kann. Diese Gralsburg ist als Vermittlungsebene, sowie aber auch als Kontrollfunktion zu verstehen. Weil die Bewohner der Gralsburg, aber auch den darüberliegenden Burgen, den irdischen Menschen räumlich näher stehen als Gott selbst – viele von ihnen sind „herabgestiegen" und haben Inkarnationen auf der Erde selbst mitgemacht und dabei über das Menschsein viel gelernt – arbeiten sie für Gott als Kontrollinstanz. Sie wurden schon seit Zeiten dafür abgestellt als letzte Instanz darüber zu entscheiden, wieviel Energie von dem einzelnen Menschen oder von ganzen Personengruppen von dem Willen Gottes aufgenommen werden kann und muss; in welchem Zeitraum, in welcher Qualität und Quantität. Noch besser gesagt: Es sind die Gralsbrüder, die darüber entscheiden, ob der oder die Ausgewählte eine Lichtdusche erhält oder ob ihm oder ihr das Wissen mittels der Menge eines Gralsgefäßes – einer alten Öllampenkanne oder Sauciere gleich – zukommen oder auch nicht zukommen darf, denn zu viel Energie, könnte dem Menschen auch schaden. Ihn nicht unbedingt vernichten, aber doch in geistige Verwirrung bringen. Nicht umsonst spricht man von einer Schamanenkrankheit, die einem Schamanen oder einer Schamanin durch die kosmische Einweihung widerfährt. Diese Krankheit ist immer der Ausdruck des zu hohen geistigen Energiequantums (Energie ist als zu vermitteltendes Wissen zu verstehen), welches erst einmal vom Empfänger integriert werden muss – manchmal aber auch nicht integriert werden kann.

Heute sind hauptsächlich unsere politisch und sozialen Begebenheiten Schuld daran, dass die meisten Menschen ihren Fokus in der Schule und im Beruf ständig auf die stoffliche Welt fixiert halten müssen und die geistige Welt nicht mehr oder nur noch kaum wahrnehmen. So wird ein

Mensch herangezogen, der von seinem Lebensauftrag nichts mehr weiß und mit Arroganz die geistige Welt so lange negiert, bis ihn Krankheit und Tod von Angehörigen dazu zwingen, diese doch noch wahrzunehmen.

Es ist ganz wichtig zu sagen, dass der Schleier des Vergessens, den wir mitbekommen haben, eine großartige Schutzvorrichtung für diejenigen Seelen ist, die von ihrer Natur und ihren Inkarnationserfahrungen (ihrem Seelenalter her) noch nicht dazu in der Lage sind, sich an frühere Leben zurückzuerinnern und alles Gesehene aus den anderen Dimensionen richtig einzuordnen. Nur „alte weise Seelen"* mit vielen Inkarnationserfahrungen, nicht nur hier auf der Erde, sondern ebenso in anderen Dimensionen, können unbeschadet diesen Schleier herunternehmen. Aber auch für sie ist es unabdingbar, dass der Kosmos ihnen das Wissen nur peau à peau, also nur tröpfchenweise, herunterspielt, denn die vielen Eindrücke einzuordnen ist auch für sie nicht immer leicht und wie viele Lichtarbeiter es erfahren mussten, nicht nur mit vielen Lichtkörpererfahrungen positiver, sondern auch negativer Art verbunden. Da wir auch mit unserem täglichen Leben fertig werden müssen, welches uns immer wieder ein erneutes Herunterziehen des Schleiers abverlangt, können wir oft nur unter großer Anstrengung eine Rückbindung zu den geistigen Ebenen vollziehen. Auf der Erde müssen wir, um zu essen und ein Dach über unserem Kopf zu haben, arbeiten gehen, und wir müssen uns mit Krankheiten herumschlagen, uns ausruhen, aber auch wegen unserer körperlichen Ausscheidungen Hygiene betreiben, wir müssen uns um unsere Angehörigen und Freunde kümmern, sie lieben, aber auch hassen lernen (insbesondere Letztgenanntes ist wichtig, damit unsere Seele wächst!) Alle diese Tätigkeiten und Emotionen fordern Kraft und einen Zeitrahmen, der uns nicht mehr viel übrig lässt, noch den Willen aufzubringen, uns in ein geistiges „Niemandsland" zu begeben. In der geistigen Welt können wir alle diese Anforderungen liegen lassen: wir müssen nicht essen und trinken, kein Geld verdienen, uns nicht mit Krankheiten herumschlagen und körperliche Hygiene wie auf der Erde, müs-

---

* Dies ist ein feststehender Begriff aus meinem Buch „MORGENSTERN – Die Seelenalter und die Neue Zeit".

sen wir auch nicht betreiben – nur geistige, wenn wir von oben auf unsere Erde sehen, was dort alles falsch gemacht wird, dann können wir daran durchaus leiden und wütend werden wie „die Königin der Nacht". (Das war eine meiner größten Überraschungen: Mozarts Königin der Nacht aus seiner Zauberflöte lebt in der dritten Burg, im unteren Teil des Kristallpalastes.)

Worum es sich bei dem Heiligen Gral handelt, darüber wurde viel gestritten. Es wurde u.a. immer wieder behauptet, dass der Gral ein Gefäß sein soll, das Glückseligkeit und ewige Jugend spendet und von einem Gralskönig und seinen Gralsrittern bewacht wird, die auf einen Auserwählten hoffen, welcher eines Tages das Geheimnis des Grals lüften und seine Hüter von ihrem Fluch befreien kann. In Deutschland wurde die Gralslegende durch Wolfram von Eschenbach – einem Dichter des 13. Jahrhunderts – bekannt. In seinem berühmten Epos Parzifal sind es die „Templeisen", die den Heiligen Gral bewachen.

Durch den Bau der Burg Neuschwanstein, durchgeführt vom bayerischen König Ludwig II. und der Komposition der Oper „Parzifal" von Richard Wagner, konnte das Vermächtnis der Gralsgeschichte in Deutschland im 19. Jahrhundert noch einmal tief in die Seelen der Menschen zurückgeholt werden, was natürlich bedeutet, dass beide den kosmischen Auftrag hatten, in uns allen das alte geistige Wissen darüber nicht ganz verlorengehen zu lassen. Insbesondere muss Ludwig der II. medial tief inspiriert und begabt gewesen sein, da er einen Bau auf einem schwierig bebaubaren Plateau, das die Nähe zum Himmel ausdrücken soll, vorangetrieben hat, der der ersten, erdnahen Gralsburg sehr ähnlich ist. Es leuchtet dabei auch ein, warum er so ein Getriebener gewesen war und sich und seine Untertanen dafür ausbeuten musste, um dieses Projekt vom Kosmos annehmen und ausführen zu können. Ohne diese Opfer, wäre die Burg nie zustande gekommen.

Der Gral wurde auch in unsere christlichen Religionen als Sauciere oder Kelch eingebunden und wird noch immer sinnbildlich zum Abendmahl gereicht. Damit wurde er auch zu dem Kelch, den Jesus Christus bei seinem letzten Abendmahl seinen Jüngern gereicht haben soll. Es geht u.a. die Legende, dass Josef von Arimathäa Jesus noch fließendes Blut nach seiner Kreuzigung damit aufgefangen haben soll und mit Maria

Magdalena, die von Jesus schwanger gewesen war, nach Gallien geflohen ist. Diese Legende – ob zu Recht oder Unrecht – soll Jesus zum Stammvater des Adels der Merowinger gemacht haben. Damit käme auch heute noch einigen davon abstämmigen Adeligen eine Nachfolge auf den Jerusalemer Thron zu.

Nicht von ungefähr gibt es auf der Erde bestimmte Märchen, Sagen und Legenden, die nie ausgestorben sind, und es ist auch nicht von ungefähr, dass uns das Turiner Grabtuch erhalten geblieben ist. Es ist den Wesenheiten der ätherischen Burgen auf Anweisung Gottes immer ein Anliegen gewesen, dass – wenn auch die Sagen und Mythen zum Teil falsch gesponnen und mit der Zeit immer mehr auf die Erdrealität bezogen wurden – die Menschen trotzdem etwas von ihnen behielten. Es wurden auch immer wieder bestimmte Menschen vom Kosmos als Seher dazu abgestellt, etwas von dem alten geistigen Wissen über die Gralsburg weiterzugeben, jedoch ist es für diese Eingeweihten immer schwer zu erklären gewesen, dass es etwas gibt, was andere nicht sehen können, wenn diese die Religiotechniken, die Intellektualität und die geistige Seelenreife, die es alle gemeinsam zu einer geistigen Sichtung benötigt, (noch!) nicht haben. Dass dadurch auch viele Verfälschungen entstanden, ist bei den vielen Völkerwanderungen und -vermischungen und bei der Länge der Zeit, in denen diese Legenden immer und immer wieder erzählt und damit verändert wurden, kein Wunder. Aber nur dadurch, dass diese Legenden nie ausstarben, konnten auch andere Seher besser verstehen, was sie selbst bei ihren kosmischen Unterweisungen zu sehen bekommen hatten und ihre Lehren für die Menschheit so leichter fortsetzen. Hätte ich z.B. nicht von der Gralsburg gehört und darüber gelesen (z.B. die Gralsbotschaft von Abd-ru-shin*), dann wäre es mir schwerer in den Sinn gekommen, mich geistig aufzumachen und in die Gralsburg zu begeben, und ich hätte nicht mit der großen Überraschung für dieses Buch aufwarten können, dass es u.a. in der für uns noch sichtbaren geistigen Welt nicht nur eine, sondern drei miteinander verwobene Burgen – quasi ein Gralsburgensystem! – gibt und dass der heilige Gral eine Lichtdusche ist, von der den Menschen nur noch die kleine Sauciere als Ölkanne oder der Kelch in Erinnerung verblieb.

* Sein eigentlicher Name war Oskar Ernst Bernhard. Er lebte von 1875-1941 und verfasste die drei Bände „Im Lichte der Wahrheit". Mit oben genanntem Pseudonym benutzte er seinen Namen aus seiner ersten Inkarnation zurzeit Moses.

Mit der Arthuslegende und der Suche nach dem heiligen Gral hat man auch immer die Suche nach dem Paradies verknüpft. Um das verlorene Paradies in uns zu suchen, ist es aber unabdingbar, erst das Geschehen in der geistigen Welt zu verstehen, die unsere eigentliche Heimat ist und das Paradies für uns bereit hält.

Jetzt aber darf das echte Wissen um die Gralsburg und den heiligen Gral wieder auf die Erde zu denjenigen Menschen kommen, die sich dahin entwickelt haben, dieses auch annehmen zu wollen.
Es wurde entschieden, dass diese Menschen für beides jetzt wieder genug spirituelle Reife erworben haben, um den Sinn des Grals richtig zu verstehen und dafür waren die Lichtkörpereinweihungen vieler Menschen, ja ganzer Menschengruppen, notwendig. Durch diese Lichtkörpereinweihungen, durch die viele Menschen seit 1986 gegangen sind und durch das spezielle spirituelle Wissen, welches sie damit erworben haben, sind sie nun befähigt, auch das Urwissen über den Gral, die Gralsburg und Arthus Tafelrunde besser zu verstehen und es vor allen Dingen auch anderen weiter zu vermitteln.

Einige Lichtarbeiter, die seit 1986, der sogenannten Harmonischen Konvergenz, den kosmischen Lichtkörpereinweihungen unterlagen, haben jetzt ihre Entwicklung in der zwölften Stufe, der Stufe der Christusebene, erreicht, und wiederum einige von ihnen sind bereits dabei sich auf die dreizehnte Stufe vorzubereiten. Diese dreizehnte Stufe bildet die erste Ebene zur Gralsburg; der Burg, die der Erde am nächsten steht, in der die zwölf Räte mit *König Arthus als Vorsitz* zu Hause sind, die als Kontrollinstanz darüber befinden, inwieweit der einzelne Mensch, aber auch ganze Menschengruppen, wieder in das echte alte ätherische Wissen eingeweiht werden dürfen – welche Mengen sie imstande sind an Wissen durch Licht aufzunehmen, ohne daran zu verbrennen oder verrückt zu werden.

Zu den Anfangszeiten der Menschheit waren die Menschen noch fähig mit dem Himmel ganz und gar in Verbindung zu sein. Sie konnten noch nicht unterscheiden, was irdisch und kosmisch war, denn alles war EINS. Da man sich von dieser Beobachtungsgabe immer mehr entfernte und sich immer mehr auf das stoffliche Sein konzentrierte, musste es wenigstens immer ein paar große Seher und Mystiker geben, die noch ein wenig den Schleier für die Menschheit offen halten und damit dem göttlichen Willen dienen konnten. Da diese Seher und Mystiker aber nur noch von wenigen angenommen, von vielen auch abgelehnt, wenn nicht sogar, wie in der Inquisitionszeit, getötet wurden, konnten natürlich nur noch Legenden gewoben werden, die auf der Erde und nicht mehr im geistigen Bereich spielten. Heute geschieht die Neueinweihung mit ganzen Menschengruppen, die sich auch darum zu Recht als Lichtarbeiter bezeichnen können, weil sie darin eingestimmt haben, sich dem Willen Gottes zu unterstellen und seine Informationen mittels eines Grals zu empfangen – aber auch ihr Leben in ein heiliges Leben zu verändern; nicht mehr Tiere zu essen, die Pflanzen zu schützen und möglichst immer in ihrer Liebe zu sein und zu bleiben.

Diese Menschen sind insbesondere für die Neue Zeit – jetzt ab 2012 – ausgesucht worden, an der Umstrukturierung unserer soziologischen Bedingungen als Lehrer und Lehrerinnen wirken zu können. Da sie es aber nicht allein schaffen ihr Wissen auf die Erde zu holen, ist es wichtig dafür Rückbindungsschulungen vorzunehmen.

Was bedeutet es nun für diese Lichtarbeiter, sich auf die dreizehnte Stufe vorzubereiten? Wie sollen wir uns das bildlich und energetisch vorstellen? Inwieweit hat die dreizehnte Stufe mit dem Wissen um den heiligen Gral und der Gralsburg zu tun?

Abd-ru-shin beschrieb die Aufgabe der Gralsburg und des heiligen Grals dem Sinn nach so: Einmal im Jahr – um Pfingsten herum – erscheint eine heilige Taube über der Schale und die Liebe Gottes ergießt sich mit Ihrem Urlicht durch das Weltall, damit die Schöpfung die immer wieder notwendige Lebenszufuhr zu Ihrer Erneuerung bekommt. Sonst würde alles verdorren und sterben.

Dass die Gralsburg jenseits von Zeit und Raum liegt, und daher erst dann gesehen werden kann, wenn jemand die zwölf Lichtkörpererhöhungsstufen durchlaufen hat, lässt sich mit einer Analogie auch wie folgt erklären: Wenn man unsere Erdatmosphäre mit einer Rakete verlassen will, muss man auch bis zur Stratosphäre hindurch erst verschiedene Luftschichten durchbrechen. Das haben jetzt alle diejenigen sinnbildlich getan, die für die Welt nach 2010 als „Mütter und Väter der

Welt" und damit als Lehrer für die Welt wirken sollen. Sie haben nun das Christusbewusstsein der zwölften Stufe erklommen und erworben und können sich damit entscheiden, noch höhere Wege zu gehen.
Die meisten von denen, die diese Entscheidung jetzt bald vornehmen, hatten sich schon vor ihrem jetzigen Leben – und oft auch viele Leben zuvor – auf diese Einweihungen eingeschworen und in sie eingewilligt. Und vor allen Dingen darin – wie schon erwähnt – eingewilligt, als kosmisch initiierte LehrerInnen tätig zu sein. Um nun in die dreizehnte Stufe gelangen zu können, müssen sie bereit sein, noch höher ins Weltall zu gelangen. Sie durchlaufen damit noch einmal Lichtkörpereinweihungsprozesse, die wieder nicht ganz einfach zu bewältigen sind. Dass diese Prozesse, die vom göttlichen Licht gespeist werden, nicht einfach abgehen, dass es dabei zu vielen merkwürdigen körperlichen und seelisch/geistigen Zuständen kommt, hatten die genannten eingeweihten Lichtarbeiter in ihren zwölf Lichtkörpereinweihungen Stufe für Stufe bereits aufgezeigt bekommen, denn für sie wurden dafür immer wieder Extra-Lichtduschen oder Grale (Lichtquanten in der Menge einer Lichtdusche oder Saucierenfüllung) mit einem auf sie zugeschnittenen bestimmten Wissen durchgegeben.
Diese Lichtquanten konnten sie auch fühlen, denn sie rieseln immer über das Kronenchakra zuerst in unser Gehirn und dann in unseren Körper hinein und es braucht dann oft Stunden und sogar manchmal Tage, um die Lichtmenge in jede Zelle des Körpers integriert zu bekommen. Wenn diese Berieselung geschieht, dann ist es wichtig, sie in Ruhe anzunehmen – am besten bleibt man still sitzen und wartet den Vorgang bis zur Beendigung ab. Eine Gegenwehr ist niemals angebracht! Man sollte alles wie ein Geschenk betrachten, auch wenn es einem manchmal zu viel damit wird.

Aber auch zu früherer Zeit bekamen immer schon bestimmte Menschen ihr spirituelles Wissen über Lichtduschen oder den Gral zugeteilt: u.a. möchte ich den russischen Maler Nicholas Rörich sowie seine Frau Helena Iwanowna Roerich, Helena Blavatsky, Rudolf Steiner, aber auch Hildegard v. Bingen und die beiden Beginen Mechthild von Magdeburg und Marguerite Porete, erwähnen. Das war und ist immer wichtig gewesen, um wenigstens ein paar Menschen auf der Erde zu haben, die neue lebbare, religiöse (Urreligio)-Konzepte für die Zukunft einzuleiten imstande waren. Heute sind es die Lichtarbeiter, die in ihrer Gesamtheit in das Gralswissen eingeführt werden dürfen. Ihr Einverständnis in die dafür notwendigen kosmischen Initiationswege, hat sie nun dazu befähigt. Durch die höhere Anzahl der jetzt Eingeweihten wird gewährleistet, was sonst nur schwer zu schaffen ist:

> Der postkapitalistische Mensch ohne Empathie und spirituelle Verantwortung gegenüber „Allem was ist" darf nicht mehr sein.

Eine Veränderung kann nur unter Anleitung unseres Schöpfers entstehen. Derjenige, der die Welt gemacht hat, wird noch am besten wissen, was wir besser machen können – wie wir eine Korrektur zu leisten imstande sind. Er hat dafür viele Lehrer im Himmel und auf Erden abgestellt. (Und es heißt ja: „Wenn der Schüler bereit ist, kommt auch der Lehrer".)

So schreibt José Arguelles, in seinem Buch „Der Maya Faktor", Seite 154, zu der Veränderung des Menschen um 2012 und der uns jetzt ins Haus stehenden galaktischen Synchronisation mit dem Weltall folgendes:

> „...dann heißt das mit anderen Worten, dass hier die geläuterten spirituellen Absichten einer großen Zahl von synchronisierten Menschen aufgefordert sind – Menschen, die begriffen haben, dass zum jetzigen Zeitpunkt ihre Verantwortung gegenüber dem Planeten der Erde wichtiger ist als alle übrigen Loyalitäten oder privaten Prioritäten."

Wenn wir alle noch zurzeit mit der Veränderung unserer Welt – und ohne diese werden wir nicht überleben – in den Kinderschuhen stecken, so waren doch alle unsere Bemühungen ein spirituell denkender und fühlender Mensch zu werden nicht umsonst. Wir müssen alle lernen, die Energie Gottes, die uns durch den großen kosmischen Strahl – die großen Lichtduschen oder auch nur noch durch eine kleinere Lichtdusche oder durch die Lichtmenge, die eine kleine Sauciere fasst – zur Verfügung gestellt wird, bewusst anzunehmen, sie umzuwandeln und mit ihren Lichtinformationen zu arbeiten. Religio=Rückbindung ist dafür das Schlüsselwort (siehe dazu auch das nächste Kapitel: Was ist „*Religio*"?). Man könnte auch eine Analogie zur Entwicklung unserer Informationstechnik vornehmen – auch hier mussten wir lernen die Informationen dazu anzunehmen und mit ihnen umzugehen –, und das hat auch die meisten von uns erst überlastet, dann aber klüger gemacht.

Nachfolgend lesen Sie den von mir dazu gechannelten Brief, durchgegben von Rainier, einem der Räte in König Arthus Runde, den ich seit meinen ersten geistigen Sichtungen in der Gralsburg kenne und dessen Zeilen ich bereits seit einiger Zeit auf meiner www.muetter-und-vaeter-der-welt.de website veröffentlicht habe:

„Der heilige Gral, der jedes Jahr bei Euch mit seinem Inhalt an einem besonderen Tag ausgeschüttet wird, muss bei uns also immer wieder erneuert werden, und es sind vor allen Dingen die Menschen, die daran teilhaben, inwieweit und mit was dieser Gral gefüllt werden darf. Das hängt also unbedingt mit Eurem Erkenntnisstand zusammen. Im Mittelalter hatte man unsere Ebenen fast vollkommen vergessen und darum konnten wir seitdem auch nicht mehr Wissen zu Euch herunterleiten, als Ihr verstehen konntet. Es wäre ja nicht bei Euch angekommen. Eure Sagen vom Gral waren die Überreste, durch die Ihr wenigstens nie ganz vergessen habt, dass es einen Gral und eine Gralsburg und König Arthurs Tafelrunde gibt. Aber Ihr wisst nicht mehr die wahre Bedeutung.
Ich heisse Rainier oder auch Rainer, das heißt der Rat. Wir sind, wie der Name schon sagt, der Rat, um den Schluß Gottes weiterzuführen in das, für was die Menschheit imstande ist zu lernen. Die Menschheit hat viel gelernt, und auch die Christusebenen. Aber wir sind nun dazu da, das Licht und damit das Wissen des Kosmos von außerhalb der Erde zu Euch Lichtarbeitern zu bringen. Eure Einweihungen beinhalteten bis jetzt das Lichtspektrum des Regenbogens. Aber wir sind die Stufe außerhalb des Regenbogens, wo alles weißer und heller und reiner ist. Um zu uns zu kommen und uns kennenzulernen, müsst Ihr zunächst aber erst die Stratosphäre durchqueren. Die Stratosphäre ist quasi eine Königin. Sie hält bei Euch zusammen, was Ihr auf der Erde braucht; sie schützt Eure Stofflichkeit. Wir hier aber kriegen die Strahlung und damit die Informationen des Weltalls mit – vor denen Ihr weitgehend geschützt seid /darum lebt Ihr auch zu Eurem eigenen Schutz am Rande der Milchstraße –, und wir veranstalten immer wieder Ratssitzungen ab, um doch noch ab und an zu Euch Infos herunterzubringen und Vernetzungen mit Euch einzugehen, die Euch weiter helfen. So machen wir es mit allen denjenigen, die sich fortzukommen bemüht und bewährt haben, damit sie nicht in eine Schieflage kommen. Da diese Infos aber sehr, sehr viele sind und auch von Euch nicht alle verstanden werden können, schaffen wir sozusagen ein Maßband und kleine Löcher, die alles nach unten leiten sollen, damit Ihr Euch erhöht und zu uns und den weiteren Ebenen kommen könnt, aber auch, damit Ihr es aushalten könnt, was wir an Information zu Euch herunterbringen. Das heißt, wir legen alles in eine wunderbare Waagschale, bevor es zu Euch trifft. Quasi sind wir die Sponsoren des heiligen Grals. Wir sind sozusagen die letzten – von Gott aus gesehen – die darüber entscheiden, mit was der Gral an Wissen gefüttert werden soll und darf, bevor er zu Euch dringt.
Den Gral müsst Ihr als den heiligen Geist Gottes verstehen!
Es ist wahrhaft eine wunderbare Fügung, dass Ihr jetzt daran teilnehmen dürft mehr darüber zu erfahren. Seit dem Mittelalter hattet Ihr fast keinen Adapter mehr für den

Gral und darum ließen wir ihn mit seinem Wissen fast immer gleich gefüllt, damit Ihr überleben, aber nicht übermannt werden konntet, denn wäre er zu stark gefüllt gewesen, dann wäret Ihr daran gestorben. Ihr hättet Eure Lichtkörpereinweihungen ja auch nicht bis zur 12. Stufe auf einmal vornehmen können. So ließen wir also vieles im Dunkeln und nur einige Menschen hatten noch die Erkenntnis von uns und unserem Sein, und ihnen wollten wir sie auch nicht wegnehmen. Für sie mussten wir kleine Extra-Grale mit einem besonderen und erweiterten Wissen erschaffen. Quasi eine Lichtdusche oder eine Öl-Kanne, eine Sauciere, nur für sie. Das war für uns schon sehr schön zu nennen, aber auch immer wieder frustrierend, weil diese Menschen ja nicht von den anderen Menschen gehört werden wollten und so starben sie oft – wie in der Inquisitionszeit – am Machtgehabe der Unwissenden.

Der Gral ist aber auch immer wichtig, um alles am Leben zu halten. Das heißt, **der große Gral – die riesengroße Lichtdusche für das Weltall – muss immer mit dem unabdingbaren Wissen für die Welt gefüllt sein**, damit Ihr überlebt.

Der Lichtschutz, der durch die Stratosphäre gegeben ist und natürlich auch die verschiedensten Schichten der Stratosphäre, die sind also nicht nur wichtig für Euer biologisches Überleben, sondern auch immer wichtig im spirituellen kosmischen Spiel gewesen. Darum nehmt jetzt Eure eigene kleine zusätzliche Öl-Kanne, die wir zu Euch hinunterleiten, und lasst sie auch in Euch hineintröpfeln. Sie ist gefüllt mit Wunderbarem, denn Ihr habt Euch wirklich sehr bemüht. Ihr habt nicht immer alles richtig gemacht, aber wir kennen Eure Sorgen. Und nun sieht es anders aus, quasi wie: „Aschenputtel kommt raus aus dem Haus", und Ihr könnt nun endlich die Vernetzungen mit uns eingehen, die Euch weiterhelfen. So machen wir es mit allen, die sich fortzukommen bemüht und bewährt haben, damit sie nicht in eine Schieflage geraten. Denn es ist noch mehr uns zu dienen. Das heißt für Euch nun nicht nur für die Menschen und die Welt, also Eure Erdenwelt, samt der Christusebene, da zu sein, sondern nun dem Weltall und damit auch anderen Dimensionen zur Verfügung stehen zu können.

Also wir wissen darüber mehr wie man das macht – und wie man das macht und den Inhalt des heiligen Grals aufnimmt, ihn quasi trinkt, damit Ihr die Neue Zeit besteht und mutig verändern helft –, das sagen wir Euch durch unser Channel, die dafür sehr neuartige Seminare geben kann und darf.

Amen und Cheerio sage ich ganz leise, Euer Rainier."

Was ist *„Religio"*?

Lat. bedeutet „Religio" Rückbindung.

Auch wenn man den Begriff „Rückbindung" zu verstehen glaubt, dann heißt das noch nicht, dass man wirklich versteht was Religio ist. Es gab noch einige unter unseren Ahnen, die sich in der echten Rückbindung – ich meine damit nicht das normale beten – zu den Existenzen feinstofflicher Wesenheiten auskannten, weil sie die Verbindung zu den verschiedensten Dimensionen noch wollten und damit ihr drittes Auge für diese Dimensionen noch durchlässiger halten konnten. Sie wussten noch davon, dass man dem Kosmos mit seinen darin wohnenden Wesenheiten zu dienen und nicht nur dann zu bitten hat, wenn es einem schlecht geht.

Es liegt auf der Hand, dass unsere heutigen Weltanschauungen und Religionen auf den Vorstellungen unserer sehr weit zurückliegenden Ahnen von Natur und Übernatur begründet sein müssen, wir wissen aber auch, dass viel Wissen verloren ging und je nach den Wertvorstellungen der gerade existierenden Kulturen verändert wurde. Jedoch wissen wir nur noch bedingt davon, wie sich unsere Ahnen Gott und den Himmel vorstellten, bzw. mit welchen Rückbindungstechniken sie mit dem Himmel in Verbindung sein konnten; es sei denn, man ist heute ein/e kosmisch initiierter Schamane/Schamanin und bekommt vom Himmel oder von anderen Schamanen, die einen dafür für Wert befinden, diese Religiotechniken durch Einweihungen wieder zugeführt.

Religio ist nicht Religion! Aber Religionen sind aus der Religiofähigkeit unserer Ahnen – aus ihren vielen und vielschichtigen Rückbindungen zu Gottes Reichen und der Natur der Erde – entstanden. Aber auch einem normalen Gläubigen ist es durchaus möglich, auch heute noch und ohne vorhandener Religio-Technik, Rückbindungs-Zustände zu durchlaufen und natürlich kann es einem betenden Menschen ab und zu passieren, unbeabsichtigt in Religio-Zustände zu geraten. Insbesondere dann, wenn Schmerzen durch Krankheit, Tod von Angehörigen und Liebsten oder andere seelische und körperliche Verletzungen an einem derartig stark zerren, sodass man durch sie weicher und durchlässiger wird und in die ätherische Welt gerät. Heute wird eher sehr viel von Meditation gesprochen, und zwar auch dann, wenn jemand Religio-Einsichten hat, aber so gut wie nie über Religio. Dieser Begriff wird – leider – nur noch von ganz wenigen Eingeweihten benutzt und auch wirklich verstanden. Jedoch ist es wichtig, den Unterschied zwischen einer Meditations- und einer Religioausübung auseinanderzuhalten:

In der Meditation arbeiten wir mittels Bildern, die wir aus unserer eigenen Vorstellung herleiten (z.B.: Wir atmen tief ein und aus und begeben uns an einen Bach und beruhigen unseren Körper und unseren Geist und unsere Seele mit seinem frischen Wasser – und tatsächlich können wir uns so beruhigen und zufrieden machen und mit diffizileren Meditationsübungen sogar schwere Krankheiten heilen). D.h. wir benutzen die Meditation zumeist, um ganz bewusst seelische und körperliche Besserung zu erhalten.

Das ist mit Religiotechniken anders. Wir müssen uns erst vollkommen leer machen, um eine Rückbindung zu den Wesenheiten der anderen Dimensionen zu bekommen. Da es bei einer Rückbindung zu ihnen um eine Kontaktaufnahme geht, muss auch immer erst eine Affinität (die Liebe) zu ihnen vorhanden und das Tor zu ihnen für uns offen sein. Wir beide – ich und die geistige Welt – müssen uns mit derselben Intensität suchen und finden, um diesen Kontakt herzustellen. Demut und Liebe, Lernenwollen und viel Zeit dafür mitbringen, sind dafür die Hauptschlüssel – und wenn man das geschafft hat, dann ist man für sein weiteres Leben gut bestückt. Es können einem dann auch immer noch schwere Dinge passieren, aber man kann sie anders aushalten, weil man noch besser weiß, wozu das eigene Leben ist, wem wir zu dienen haben und wie unsere eigentliche Heimat im feinstofflichen, geistigen Bereich aussieht, in die wir ja eines Tages wieder zurückkehren werden.
Mit anderen Worten:
Meditation ist eine Rückbindung zu unserem inneren Erd-Selbst.
Religio ist eine Rückbindung zu unserem geistigen Ursprungs-Selbst und zu den Wesenheiten der geistigen Welt.

Man kann Religio auch anhand der Elektrizität erklären:
D.h. eine Steckdose braucht auch immer einen Stecker, um die Elektrizität aus ihr ziehen zu können. Diese Elektrizität erhalte ich nur, wenn ich bereit bin, den Stecker in die Steckdose zu stecken; respektive, die mich lehrenden Wesenheiten anzurufen, damit sie zu mir kommen und

mir etwas zu meinem Leben und unseren soziologischen Umständen (wie z.B. für mein Buch: „Briefe an die Weltenbürger – Neue Vorgaben für die Neue Zeit") sagen und die feinstoffliche Welt erklären können. Unsere himmlischen Führer sind notgedrungen intelligenter als wir, weil sie als Weltenwanderer immer Einsichten in mehrere Dimensionen gleichzeitig nehmen können. So wie auch bei uns auf der Erde jemand, der viel gereist ist und damit über die verschiedensten Kulturen informiert ist – und sich in sie eingegeben hat – unsere Welt besser versteht. Religiotechniken beinhalten alte schamanische Rückbindungstechniken, die dazu führen sollen, dass wir unsere gesundheitlichen, politischen und sozialen Wertesysteme sowie unsere Religionen mit den Weisen und Lehrern im Kosmos überprüfen können. Wir sollen uns unsere eigenen freien Meinungen nach den gesehenen Bildern und verbalen Informationen aus der Rückbindung mit den verschiedensten Wesenheiten der feinstofflichen Welt machen. Wir benutzen mit der Religio das „kosmische Internet". Und genau so, wie der Mensch sich durch Facebook, Twitter u.ä., heute mit immer mehr Menschen aus anderen Ländern austauschen und sich durch sie politisch informieren kann, genau so kann er nun mittels Religio das kosmische Internet (mit seinen vielfältigen Programmen) anzapfen und dadurch auf eine noch andere Weise dazulernen.*

Das *kosmische Internet ist das kosmische Ziel für das Jahr 2012*. Nur durch die mehrdimensionalen Erfahrungen damit, kann es zu einem multidimensional geschulten, mündigen aber auch spirituellen Bürger kommen, den wir jetzt insbesondere brauchen, damit unser erarbeitetes Geld nicht mehr falsch verteilt wird, die Natur wieder aufgebaut und Tiere nicht mehr zum Essen und Forschen getötet werden und wir wieder mehr darüber wissen „wie der Kosmos arbeitet".

* In meinem Buch: „Eure erste Erde ist nicht mehr...", das 2010 erschienen war, war schon davon die Rede gewesen, dass der „Gott der Technik" – es gibt viele Gotte, die Gott dem Superdesigner zur Hand gehen – das Internet mit seiner Plattform für die verschiedenen Medientechniken und der relativ leichten Benutzbarkeit auf die Erde gebracht hat, damit die Menschen in der Zukunft zu einem selbständig denkenden und freien Bürger werden können. Der arabische Frühling 2011, schaffte dann, auch zu meiner eigenen großen Verwunderung, den ersten großen Beweis dafür.

So wie man sich im täglichen Leben darin üben muss, das Internet und seine verschiedenen Medientechniken richtig zu benutzen, um bestimmtes Wissen über andere Menschen und ihre Länder zu erfahren, so muss man sich auch in der Benutzung der Religio-Techniken üben und ihre Hilfsmittel kennenlernen. Dazu beschreibe ich im nächsten Kapitel die von mir entwickelte Sonnenmeditation, die einem die Fähigkeit gibt, sich in einen Bewusstseinszustand zu bringen, durch den man sich darin einschwingen kann, die ätherische Welt kennenzulernen und zu bereisen.

Wenn jemand den Kontakt zu den Burgen herstellt, so ist es aber für ihn wichtig, folgendes zu wissen:

Vom Kosmos ist es erwünscht, dass der Mensch sich von Stufe zu Stufe entwickelt; keine kann darum ausgelassen werden. Es dauert oft Jahre um in die 13. Ebene zu kommen, in der sich die erste Burg, die Gralsburg, befindet. Darum lieber Leser, liebe Leserin, verzagen Sie nicht und genießen Sie jede einzelne Stufe ihrer Entwicklung.

Noch etwas zu den Sichtungen: Nicht jeder wird die Gralsburg – und wenn er es noch höher schafft, die Is-Burg und den Kristallpalast – so sehen wie ich. Ich hatte Zulass in die auf Europa bezogenen Burgen und in meine Ur-Heimat. Wenn ein Mensch aus Indien auf eine Rückbindungsreise in *seine* Gralsburg geht, wird er die Architektur der Burg eher einem indischen Tempel gleich sehen und die kosmischen Führer in ihr eher mit indischen Heiligen gleichsetzen und sie mit indischen Namen versehen. D.h. die Topologie und Morphologie der Burg ähnelt immer dem auf der Erde zugehörigen Gebiet. So ist in Birma die „Goldene Stadt der Könige" die Entsprechung – eine Blaupause – der „Goldenen Stadt der Könige" in der geistigen Welt dieses Landes und so haben alle Gebiete auf der Erde immer ihre bestimmten Entsprechungen.

Die meisten Menschen glauben, dass wir die geistige Welt wie unsere Welt sehen, weil wir hier von der Erde diese Bilder gewohnt sind. Aber dem ist nicht so. Da wir eine Kopie aus der urgeistigen Welt sind, sind wir auch immer „nur" die verstofflichte Variante davon und unsere gesamte stoffliche Welt kann damit auch immer nur ein Spiegel der urgeistigen Welt sein und auch nur so gesehen werden – nicht mehr und nicht weniger.

Wenn mich meine Patienten bei Rückreisen in ihre vergangenen Leben fragen, wo in ihnen die Erfahrungen der anderen Leben gespeichert sind, dann sage ich ihnen immer: „In jeder Zelle ihres Körpers." Und damit leiste ich dieselbe Erklärung. Da wir ja ein Print aus der urgeistigen Welt sind, sind alle unsere Erfahrungen aus dieser Welt auch im geistigen Feld als Akasha-Chronik gespeichert und müssen damit wieder in unserer Stofflichkeit in jeder Zelle unseres Körpers ihren Ausdruck finden. Wenn man sich auf die Reise in die Welt der Burgen begibt, dann begibt man sich also nicht nur in die geistig ätherische – noch wesenhafte und damit in eine noch sichtbare – Welt, sondern man selbst ist ein Teil dieser Burgen und trägt sie auch immer in sich. D.h., die eine Welt ist von der anderen nicht zu trennen. Und doch ist diese Welt für uns nur zu bemeistern, wenn wir sie aufsuchen und ihr bewusst dienen wollen; nur so ist garantiert, dass wir zu einem multidimensional offenen Menschen werden können. Bestärkt darin werden wir dann immer von den Weisen der Gralsburg und den Weisen aus anderen himmlischen Dimensionen, die dieses Wissen besonders stark in diejenigen Menschen implantieren, die diese Rückbindung wollen und die Seher sind. Diese Weisen steigen dafür auch selbst ab und an zu uns auf die Erde hinab, damit das geistige Wissen nie ganz in Vergessenheit gerät. Wir sollten ihnen dafür unseren Respekt zollen, denn auch das ist nicht ganz einfach. Aber dazu später noch mehr.

Die Sonnenmeditation

Jeder und jede, der/die sich immer mal wieder auf eine Reise in unsere himmlische Sphären begibt, weiß, wie sehr sein/ihr Können leidet, wenn er/sie krank ist oder sich nur nicht gut fühlt. Aber auch ständige seelische Belastungen aus diesem, aber auch aus vergangenen Leben erworben, können dazu beitragen, dass unsere Rückbindungsversuche zu den geistigen Welten eingeschränkt sind. Durch die Sonnenmeditation können wir es aber erreichen, dass sich alle genannten Belastungen und Einschränkungen mit der Zeit auflösen können und sich unsere Rückbindungsversuche immer besser und leichter gestalten und unsere Bilder, die wir empfangen, von einer guten Qualität sein werden.

Bitte legen Sie sich bequem auf eine Decke. Telefon und Klingel sollten abgestellt sein. Es sollte eine leichte und helle Kleidung gewählt werden. Der Raum sollte warm sein, ansonsten kann auch eine Decke, um sich warm zu halten, benutzt werden. Die Füße sollten barfuß und in einer Zeremonie vorher kurz gewaschen worden sein, in der man sich sowohl vom irdischen Schmutz als auch von den geistigen Schlacken des Tages befreit hat. Natürlich ist eine Dusche die beste Reinigung. Die Füße und Beine sollten nicht überkreuz gehalten werden. Gedanklich führen wir eine Erdung aus, indem wir die Füße mit der Erde stark verankern, evtl. kann man visuell von den Füßen aus Wurzeln in die Erde wachsen lassen.

1. Bitte gehen Sie mit Ihren Sinnen zur Sonne, und erbitten Sie von ihr einen Strahl zur Reinigung Ihrer Chakren. Diesen Strahl geben Sie in das erste Chakra. Lassen Sie dort alles reinigen, was dunkel und traurig ist und nicht mehr zu Ihnen gehören soll. Bitten Sie dabei den Sonnenstrahl, in alle Winkel des Chakras zu gehen und möglichst nichts Dunkles liegen zu lassen und alles Störende mit sich zu nehmen. Zumeist kann man diese störenden Gefühle als dunkle Schlieren sehen, die der Strahl mit sich zieht.
2. Den verschmutzten Strahl geben Sie der Sonne zur Reinigung zurück – mit einem Dank an ihre Arbeit.
3. Jetzt bitten Sie um einen erneuten Strahl, der nun in Ihrem Chakra liegenbleiben soll, um Ihren Lichtkörper zu erhöhen. Danken Sie auch hier wieder der Sonne für ihre kostbare Arbeit.

4. Schritt für Schritt gehen Sie so alle sieben körperlichen Hauptchakren zur Reinigung und Lichtbringung durch.
5. Zum Schluß bedanken Sie sich noch einmal bei der Sonne für ihre große wunderbare Hilfe und Güte.

Hat man die Sonnenmeditation öfter ausgeführt, dann lässt sie sich auch immer besser und gezielter einsetzen. D.h., man kann dann auch immer die Dinge benennen, die einem gerade das Herz schwer machen oder die in einem eine unauslöschliche und schwer zu verarbeitende Erinnerung hinterlassen haben.

Wichtig zu wissen ist, dass sich insbesondere in den ersten drei Chakren, dem „Wurzel"-, „Sakral"-, und dem „Solarplexuschakra" – alle für unsere Erdung und unser Überleben zuständig –, viel Widerstand auftun kann, wenn man sie zu reinigen beginnt. Sie sind zumeist von unseren vielen Überlebenskämpfen tief betroffen. Dieser Widerstand kann für Jahre anhalten und sich auch immer dann wiederholen, wenn unsere äußeren Lebensumstände erneut an unser Überleben gehen. Auch wenn es für die Rückbindung zu anderen Welten wichtig ist, so rein wie möglich zu sein, so ist es aber nicht notwendig, alle Blockaden in uns aufgelöst zu haben, bevor man mit seinen Sichtungen beginnen kann. Das würde uns zu viele Jahre kosten und verschenken. Es ist nur wichtig, dass man sie auflösen will, und immer wieder daran arbeitet und seine Blockaden erkennt. Es gibt niemanden, der in diesen Chakren völlig gesund ist!

Die oberen Chakren, das „Herz-", das „Hals"-, das „Stirn"- und das „Scheitelchakra", lassen sich zumeist leichter reinigen und auch das Licht läßt sich leichter in sie hineinbringen. Wenn man dann schon geübter und gereinigt ist, dann kann man auch die ersten drei Chakren liegenlassen und nur vom Herzchakra beginnend die Chakren bis zum Scheitelchakra zur Sichtung reinigen und sich dann auch noch durch die noch höher gelegenen außerkörperlichen Chakren zum Himmel hinauf erhöhen, wenn man davon etwas versteht.

Die Sonnenmeditation sollte immer zu Beginn einer Sichtungsübung ausgeführt werden. Sie bildet *den* Einstieg in die geistige Welt. Später – nach Jahren geistigen Übens – ist es dann möglich quasi mit einem Bein in der Hierwelt und dem anderen Bein in der Anderswelt zu stehen und seine Reise schneller zu beginnen und beide Erfahrungen auch ausbalancieren zu können – und zwar auch im täglichen Leben und sich mitten unter Menschen befindend. Doch vorerst ist es immer wieder wichtig, dieses Können zu üben und sich damit kosmisch zu erweitern. Dann gelingt es Ihnen, liebe Leser und Leserinnen auch, mit Ihrem dritten Auge sich – wie auf einer Leinwand – die Gralsburg anzusehen und sie zu durchlaufen.

Bitten Sie immer wieder, dass man Ihnen die Tür öffnet. Diejenigen Lehrer, die dafür in der geistigen Welt abgestellt werden, um Ihnen bei der Rückbindung behilflich zu sein, warten ja schon auf Sie. Und um weise zu werden, muss man erst einmal – wie auf dem Jakobsweg – einen langen Weg gehen. Ich hoffe, Sie haben die Geduld dazu. Das was man zurück bekommt, ist ein Schatz, der einem auch später, nach dem eigenen Ableben von der Erde den Aufstieg erleichtern kann. Denken Sie auch daran, dass Sie mit jeder Übung ihr Gehirn verändern und damit die Sichtung für sie immer leichter geht und dass sich die Übung auch in ihrem täglichen Leben bemerkbar machen wird. Sie werden sozusagen multidimensional denkend und fühlend, und Sie können mit der Zeit unterscheiden, was Sie selbst denken und was Ihnen aus dem Kosmos zukommt, und Sie lernen dann noch diejenigen Dinge zu differenzieren, die Sie unbedingt annehmen sollten oder erst einmal liegen lassen können. Damit erhalten Sie auch für Ihr tägliches Leben eine großartige Hilfe. Wenn Sie dann in den oberen Chakren Druck verspüren, oder es rieselt in Sie Information, wie bereits auf Seite 27 beschrieben (in Form einer kleinen Informationslichtdusche oder als Saucereninhalt), hinein, oder Sie werden mit einer Art Laserstrahl beschossen, nehmen Sie das alles freudig als ein Geschenk Gottes an:

Alles das gehört zur Lichtinformation des Kosmos;
eigens aus der Tafelrunde der Gralsburg in Qualität und Quantität für
Sie persönlich abgestellt!

Noch eine Zusatzhilfe zum Bereisen der verschiedensten Dimensionen gibt es:
Kristalle – insbesonders der Bergkristall, Rosenquarz, Amethyst und der Citrin – können wie Handys zum Himmel benutzt werden. Dazu ist es wichtig, die Weisen des Himmels oder die Kristalle selbst zu den speziellen Codierungen – die man dann als Telefonnummern zu den ver-

schiedensten Dimensionsebenen benutzen kann – zu befragen. Man sollte dann aber unbedingt diese Codierungen für sich behalten, denn jeder Einzelne muss *seine spezifischen* Codierungen erfragen, denn wir bereisen zumeist nur diejenigen Ebenen, zu denen wir eine Affinität besitzen – in denen *unsere persönlichen* Brüder und Schwestern wohnen. (In einer ihrer Schriften hat die große Mystikerin Hildegard von Bingen – jetzt auch offiziell vom Papst Benedikt XVI. heilig gesprochen – einmal so eine Codierung freigegeben, was mich sehr überrascht hat; jedoch weiß ich, dass man ihre Zeilen dazu nur dann versteht – sie so lange überliest –, wenn man sich damit schon eingehender beschäftigt hat und weiß, dass es solche Codiernummern überhaupt gibt. Und das war wahrscheinlich ihre Intention gewesen: Sie wollte nicht, dass dieses „Geheimwissen" vollkommen und für immer vergeht; sie wollte, dass Menschen mit einem Religio-Verständnis noch nach ihrem Ableben davon profitieren können und natürlich gibt es auch Codiernummern, die universal sind).

Wer mehr dazu wissen möchte: In meinem Buch: „Briefe an die Weltenbürger – Neue Vorgaben für die Neue Zeit –", werden diese Techniken dazu genau beschrieben. Diese Techniken können aber immer wieder verändert und individuell angepasst werden, wenn man sich damit genauer auskennt. Auch ich benutze sie immer wieder neu. Sie können sich dafür natürlich Hilfen von Therapeuten einholen, die sich damit auskennen. Aber grundsätzlich kann gesagt werden, dass Sie die Gralsburg und die beiden darüber liegenden Burgen nur dann besuchen dürfen, wenn Sie als Schüler so weit sind. Die geistige Welt hilft ja dabei und zieht Sie zu sich hoch. Deswegen gebe ich in diesem Buch keine eindeutigen Anleitungen dazu, wie man sich in die Sichtung weiter einschwingt. Wenn Patienten zu mir kommen und möchten Einsicht in die höheren Ebenen bekommen, dann entscheide ich immer nach dem spirituellen Ist-Zustand des Einzelnen, wie ich die Religio nach der Sonnenmeditation gestalte. Die Sonnenmeditation aber bleibt immer *die* Technik zum Einstieg in die geistige Welt. Sie lässt sich aber auch ganz hervorragend dazu verwenden, um in frühere Leben einzusteigen.

Die urgeistige, die geistige und die stoffliche Welt.

Bevor ich Ihnen von meinen Erfahrungen in den drei Burgen

der Gralsburg,
der Is-Burg und dem
Kristallpalast

berichte und nachdem ich Ihnen den Unterschied zwischen einer Meditation und einer Religio (Rückbindung) erzählt und die Techniken der Sonnenmeditation als Einstiegsmöglichkeit in die geistige Welt erklärt habe, möchte ich Ihnen nun auch die Abstufungen der Schöpfung näher bringen. Das ist wichtig, damit Sie verstehen, in welcher Sphäre Sie sich bewegen, wenn Sie etwas – oder sogar die Gralsburg selbst – sehen.

Ich hatte ja schon ein wenig darauf verwiesen, dass keiner zu Gott persönlich kommen kann; dass man schon weit vorher verbrennen würde. Für uns stoffliche Menschen wird – vorerst für unser Leben – auch immer nur die Stofflichkeit die Heimat bleiben; aber wenn wir sterben, dann gehen wir wieder in den Teil der Welt ein, der unsere Urheimat ist. Diese Urheimat können wir aber, wenn wir es wollen, auch schon jetzt – wenn auch nur im untersten Bereich – mit bestimmten Religiomethoden aufsuchen. Deshalb ist es auch wichtig zu wissen, dass man Sichtungen in den sehr hohen urgeistigen Bereichen nicht mehr haben kann. Wenn wir Reisen in die Gralsburgen vornehmen, muss es uns klar sein, dass wir uns – von der Erde aus gesehen – durchaus schon in sehr hohen Bereichen aufhalten, dass wir uns aber – von Gott aus gesehen – noch weit im unteren geistigen Bereich befinden. Nur in diesem von uns durchaus zu Recht gesehenen hohen Bereich, aber doch noch immer niedrig schwingenden Bereich, ist es noch möglich, Wesenhaftes zu erkennen. In den noch höheren geistigen Ebenen versagen unsere Sinne uns immer mehr den Dienst, je mehr wir in sie eindringen. Erst lässt das Sehen nach, später auch das Hören und wir müssen andere Gehirnempfindungen üben, um überhaupt noch etwas auf die eine oder andere Art wahrzunehmen.

Abd-ru-shin hat die Schöpfung in drei Bereiche eingeteilt:
Seite 354 aus „Im Lichte der Wahrheit" Gralsbotschaft, Verlag der Stiftung Gralsbotschaft, Stuttgart, Bd.3, 24. Aufl. von 2002

1. Der urgeistige Teil
2. Der geistige Teil
3. Der stoffliche Teil

Diese Einteilung ist zuerst einmal eine grobe Einteilung.

Abd-ru-shin nannte diese drei Bereiche auch:

1. Die Urschöpfung
2. Die Schöpfung
3. Die Nachschöpfung

Da ich sagte, dass der Mensch nie zu Gott direkt kommen kann, weil sein Licht so groß ist, dass es ihn schon weit vor ihm verbrennen würde, ergibt es sich auch, dass der Mensch auf der Erde weit genug vom Lichte Gottes entfernt sein muss, um überleben zu können.

Alle diese genannten drei Schöpfungen unterteilen sich noch in Unterschöpfungen, die aber für dieses Buch nicht wichtig zu erklären sind. Aus dem Bereich der Urschöpfung gibt es die Urgeschaffenen. An das Urgeistige Reich schließt sich das geistige Reich, aus dem sich Geschaffene entwickeln und darunter, aus dem stofflichen Teil gibt es den Menschen. Der stofflich geborene Mensch, der weit aus der Urgeistigkeit herausgefallen ist, muss sich aber im Laufe seiner Inkarnationsabläufe wieder zu seiner geistigen Heimat zurückentwickeln; was sich darin zeigt, dass er sich mehr und mehr in der Rückbindung übt und dass er auch von selbst seinen Schleier der Stofflichkeit wieder lüften und in seinen geistigen Bereich zurückkehren möchte. D. h. auch, dass es nur die ganz alten weisen Seelen auf der Erde sind, die in sich das Bedürfnis spüren, schon vor ihrer ultimativen Heimkehr – die dann eintritt, wenn man nur noch wenige Inkarnationen auf der Erde zur Entwicklung benötigt – in den wesenhaften, geistigen Schöpfungsbereich Gottes Einblick zu nehmen. Es handelt sich dabei bisher um ungefähr 2-3 Prozent der Erdbevölkerung.

Da sich aber der Mensch zu 2012 und den Zeitabläufen danach, immer schneller zu einem spirituell verantwortlichen Menschen entwickeln soll, liegt es auch auf der Hand, dass sich die von mir genannte Prozentzahl noch erhöhen wird – das ist von der Urschöpfung so gedacht. Die Energie und das Wissen dafür, werden denjenigen, die dafür bereit sind, auch wieder durch Photonen-Lichtduschen, die durch die drei Burgen geleitet werden, zugestellt.

Wie schon gesagt, wenn wir die erste Gralsburg aufsuchen möchten, dann begeben wir uns in den noch sichtbaren geistigen Bereich der Schöpfung, der auch noch mit unserem dritten Auge zu erkennen ist und in dem die Noch-Wesenhaften des Himmels wohnen. Auch dieser Bereich hat viele Unterabteilungen. Je höher wir kommen, um so mehr kommen wir aber in die Zonen, in denen sich die Wesenheiten des Himmels immer mehr aufzulösen beginnen und nur noch als Energie, dienend im Gotteswillen, wahrzunehmen sind.
Vorerst aber müssen wir uns erst einmal alle mit dem, was wir sehen und hören können – und auch dürfen – zufrieden geben und uns von Stufe zu Stufe auf der Himmelsleiter vorwärtsstrebend darin bemühen zu verstehen „wie der Kosmos arbeitet".

Unsere Welt ist eine Kopie der geistigen Welt

Noch etwas ist wichtig zu erklären:

Nicht nur die Entstehung der urgeistigen und geistigen Welt unterliegt komplizierten Mustern und Regeln, sondern auch die Entstehung unserer stofflichen Welt.

Physiker möchten mehr und mehr darüber wissen, wie alles in unserer sichtbaren stofflichen Welt entsteht und haben sich dafür die Bosonentheorie des Schottischen Physikers Higgs zu eigen gemacht, der die Theorie aufgestellt hat, dass es Bosonen – bestimmte Teilchen – geben muss, die dafür verantwortlich sind, Teilchen Masse zu geben. Dazu aus:

http.www.stern.de/wissen/kosmos–die–jagd–nach–higgs–boson–fuer–das–gottesteilchen–wird–es–eng–1762297.ht von Lea Wolz:

„Die neuesten Ergebnisse aus dem Europäischen Teilchenforschungszentrum Cern in Genf dürften bei Higgs für freudiges Herzklopfen sorgen - denn sie lassen die höchste wissenschaftliche Auszeichnung näher rücken. Demnach haben die Wissenschaftler ihr Ziel fast erreicht: Mit ihren Versuchen sind sie dem Higgs-Teilchen dicht auf der Spur. In dem 27 Kilometer langen Ringtunnel des „Large Hadron Colliders" (LHC) am Cern beschleunigen Physiker Protonen fast auf Lichtgeschwindigkeit. Beim Aufprall entstehen Energien wie kurz nach dem Urknall - und neue Teilchen, die wieder zerfallen und so Spuren hinterlassen. In diesem künstlich erzeugten Teilchenschauer vermuten Wissenschaftler, wenn auch sehr selten, ein Higgs-Boson. Da es schnell zerfällt, kann es nur indirekt über seine Zerfallsprodukte nachgewiesen werden..." und „...Dabei macht es das Higgs den Forschern alles andere als leicht. Von der Masse her scheint sich das Teilchen in einer Ecke zu verstecken, wo ein Nachweis besonders kompliziert ist", sagt Mnich. „Um es zweifelsfrei nachweisen zu können, sind extrem viele Daten nötig. Rund 400 Billionen Teilchenkollisionen haben die Forscher bis jetzt analysiert..."
„...Doch was, wenn es das Higgs-Teilchen gar nicht gibt?" „Das wäre auch eine Revolution", sagt Mnich. „Dann hätten wir über 40 Jahre lang mit dem Standardmodell die falsche Fährte verfolgt und müssten über

neue Theorieansätze nachdenken, um die fundamentalen Fragen der Physik zu klären."*

Wir Mystiker nehmen nicht den Weg der Wissenschaft, die Maschinen benutzt, um den vermeintlich gewesenen Urknall bei der Entstehungsgeschichte der Welt zu simulieren – was evtl. nicht so ganz gefahrlos verlaufen könnte; es wird diskutiert, dass sie dabei schwarze Löcher hervorrufen, die uns eines Tages verschlingen können. Wir gehen einen anderen Weg. Wir benutzen unser Gehirn und unser drittes Auge (aber quasi benutzen wir jede Zelle unseres Körpers beim Sehen), um Einsichten in die *Andere Welt* zu bekommen. Und wir benutzen dabei eine völlig gefahrlose Technik.

Und trotzdem sind sich die Physiker und Mystiker näher, als gerne – vor allen Dingen von der Wissenschaft – zugegeben. Viele Physiker sind sich sicher, dass es irgendwo im Kosmos anderes Leben – dem Menschen ganz oder irgendwie ähnlich – geben muss und dieser Glaube ist auch ihr Urmotor für ihre Arbeit und ihre Freude daran. Nichts Besseres könnte ihnen passieren, wenn endlich ein Alien vor ihnen stünde.

Der Unterschied zwischen der Wissenschaft und der Mystik ist aber, dass Wissenschaftler immer von einer für sie mit den Augen sichtbaren, also stofflichen oder wenigstens messbaren und mit Zahlen belegbaren Welt, ausgehen, der Mystiker aber bereit ist, sich mit der ätherischen und darum auch nicht mehr stofflich sichtbaren Welt und ihren Bildern zu beschäftigen. Noch anders gesprochen: Der Wissenschaftler glaubt nicht seinen Seelenbildern und will alles stofflich erkennbar und messbar haben – und doch kann auch er sich nicht von seinen inneren Bildern lösen, die ihn ja erst auf bestimmte Denkmodelle bringen. Sie sind ja der Urgrund und der erste Schritt zu seiner wissenschaftlichen Untersuchung überhaupt.

* Anmerkung: Kurz vor Fertigstellung dieses Buches, kam am 3.7. 2012 im Fernsehen die Nachricht, dass man das sogenannte Higgs-Bosonen-Teilchen nun wohl gefunden habe, das die Physiker auch gerne „das Gottesteilchen" nennen. Vielfältige Auswertungen sind aber erst nötig, um das bestätigen zu können. Vielleicht handelt es sich aber um etwas ganz anderes, das man entdeckt hat.

Aber auch für uns Mystiker tut sich *dieselbe Frage* zur Entstehung der Welt auf wie für die Wissenschaft, die wir nur anders formulieren, nämlich: Was macht es, das Feinstoffliches aus der ätherischen Welt stofflich werden kann?

Wir wissen auch aus der Bibel, dass der Mensch eine Kopie aus der Idee Gottes sein soll. Dazu aus dem Buch 1. Mose, Kapitel 1: „Und Gott sprach: „Lasst uns Menschen machen, ein Bild, das uns gleich sei, die da herrschen über die Fische im Meer und über die Vögel unter dem Himmel und über das Vieh und über die ganze Erde und über alles Gewürm, das auf Erden kriecht." (Psalm 8.6-9.) (Wobei man das Wort „herrschen" besser mit „Verantwortung tragen" hätte übersetzen sollen, denn wenn wir schon Gott, dem Superdesigner gleich oder ähnlich gemacht sind, dann sollten wir auch bereit sein seine Verantwortung im besten Sinne zu übernehmen, indem wir uns seine an uns geschenkte Natur ansehen, die immer seine Sprache spricht. Mystikern fällt die Decodierung der Sprache der Natur leichter als Wissenschaftlern, die es sich auf ihr Programm geschrieben haben das Emotionale aus der Wissenschaft auszuschließen. Aber ohne Herz geht auch in der Wissenschaft nichts. Man muss sich Astronomen nur einmal anschauen, wenn sie etwas Neues entdeckt haben, da bleibt auch ihr sonst so kühler Verstand nicht frei von Emotionen.)

Auch für mein Buch „Eure erste Erde ist nicht mehr..." wurde ich mehrfach aus der geistigen Welt darauf hingewiesen, dass wir hier auf der Erde immer eine Blaupause aus der geistigen Welt sind. Und es wurden mir beim Channeln wichtige Beispiele dafür gegeben.

Zwei davon will ich hier zitieren:

Aus Seite 19f: „Du hinterfragst dich, wie Materielles entsteht? Ja, genau so: Wenn der Gedanke der Schöpfung entstanden ist, dann kommen wieder die feinstofflichen Elemente zum Zug, denn sie waren das erste Zeichen der Schöpfung. Ohne sie könnte nichts entstehen, sie erschaffen nicht nur den feinstofflichen Urprint, sondern danach auch das Materielle. Auch hier heißt es wieder: Elemente steuert den Urprint nach meinem Schöpferwunsch (nun aber in die Stofflichkeit). So geschieht hier jede Schöpfung. Wir sprechen z.B. von der Musik. Die feinstofflichen Elemente dafür waren schon vorher da. Die Kraft des Feuers, das Spiel, die Bewegung der Luft, die tiefen Töne der Erde und das Glockenspiel des Wassers. Damit wurde so lange von Gott gespielt, bis die Gestaltung im feinstofflichen Raum richtig war und der Gedanke über die Schöpfung zur Urprintform werden durfte und dann wurde nach nochmaliger Überprüfung des Urprints der Formgebung Atem eingehaucht und die Töne wurden für euch hörbar..."

Alles entsteht auf diese Weise. Dieses Wissen über die Entstehung von Materiellem hat in unserem Leben viele Konsequenzen, von denen wir unbedingt wissen sollten. Es ist nicht nur so, dass unsere Seele bei unserem Tod wieder zu ihrer Heimat, ihrem Urprint zurückgeht, um sich zu regenerieren und darüber entscheiden zu können – oder von den Weisen des Himmels entscheiden zu lassen –, ob sie auf der Erde oder in anderen Bewusstseinsebenen weiterlernen möchte, sondern auch der ätherische Teil unseres gesamten Körpers. Dieser Tatsache sollte auch in der Medizin eine besondere Stellung eingeräumt werden, wenn Menschen darauf bestehen, dass sie nach ihrem Ableben ihre Organe behalten wollen. Sie wissen oft nicht genau, worauf ihre natürliche Abscheu und ihr Ekel beruhen ihr Organ hergeben zu sollen. Aber mit dem Verständnis über den Urprint im Geistigen, aus dem alles Materielle entsteht, können nun die Entscheidungen gegen das Hergeben von Organen ganz anders getroffen und vor allen Dingen anders und klüger verbalisiert und damit auch dem damit schwarzmagischen „Herumspielen" Einhalt geboten werden.

Wenn man weiß, dass der Urprint erst perfekt sein muss, bevor er als Blaupause in die Stofflichkeit gehen kann, dann ergibt sich daraus auch, dass wir auch perfekt – also mit unserem ganzen Körper – sterben müssen, damit das ätherische Feld von uns auch wieder vollkommen in seinen Urprint zurückgehen kann. Doch die Menschen haben aus Unwissen so viel Angst vor dem Tod, der ja im eigentlichen Sinne immer eine Rückkehr in unsere eigentliche Heimat bedeutet, und auch bedeutet, dass wir uns von unserem Leben ausruhen und neue Entscheidungen für weitere Entwicklungen treffen dürfen, dass sie alles noch schlimmer machen. Und wirklich schlimm ist, dass jemand, der sich heute den Transplantationen entgegenstellt und sich zur „Errettung" anderer seine

Organe nicht entnehmen lassen will, als unmenschlich und nicht sozial gilt.

Und nun dazu das zweite Beispiel aus meinem Buch „Eure erste Erde ist nicht mehr ...", Seite 102ff:
„Wie sieht es nun mit euren Organen aus, wenn ihr sie spendet oder empfangt?
Ich gebe euch dafür eine Hilfestellung. Ihr seid also ein Doppelgänger vom Originalprint eurer Seele, der ja nicht vergeht bis zum Ende der Welt und diese Kopie eures Originalprints befindet sich in dem feinstofflichen ätherischen Feld eurer Körper.
In diesem Originalprint, von dem also für eure Leben immer wieder eine Kopie fürs ätherische Feld eurer Körper hergestellt werden muss, wenn sich die Seele in einem Gefäß von Körper inkarnieren will, ist natürlich alles perfekt enthalten. Ich sprach ja schon davon, dass der Print aber auch geschwächt werden kann – und eure feinstofflichen Kopien eures Originalprints sind heute alle geschwächt.
Nun aber nehmt ihr beim Transplantieren Organe weg und damit sieht der Tod des Spenders nicht mehr sauber aus. Er wird verzögert und bekommt sozusagen Risse und tiefe Einkerbungen, die sich nicht nur in seiner feinstofflichen Kopie vom Originalprint äußern müssen, sondern danach auch im Urprint (dem Ur-Original) selber. Es sind heute noch nicht viele Menschen wiedergeboren worden, die einmal Organe weggeben mussten – wir sagen „mussten", denn ihr überredet sie so lange, bis sie glauben, dass sie besonders gute Menschen sind, wenn sie dafür eine Zusage geben. Nein! Da sagen wir entschieden: „Nein!" Das ist nicht so. Ihr wäret die besseren Menschen „Nein" zu sagen und dem Tod als Schöpfungsprozess seinen eigenen Lauf zu lassen! Ihr werdet maßgeblich daran gehindert zu sterben, bis es zeitlich zu einer Herausnahme des Organs kommen darf. Ihr werdet so lange am Leben gehalten, das wir aber nicht mehr ein Leben nennen, und damit wird euer eigener schöpferischer Prozess vom Tod verzerrt und bröckelig, denn von eurem Originalprint ist ja vor eurer stofflichen Entstehung eine Kopie für eure sich inkarnierende Seele hergestellt worden: ein feinstoffliches Gebilde für eure verschiedenen Auraschichten. Diese Kopien werden nacheinander erschaffen und dann zusammengefügt zu einem großen Ganzen und dann sozusagen ergossen im Gefäßkörper Mensch; das geht auch bei den Tieren und Pflanzen so. Das geschieht immer bei

aller Entstehung so. Deshalb stehen der Urprint und die sich eingekörperte Seele immer in einem Austausch. Sie müssen in diesem gesunden Austausch verbleiben, damit Leben überhaupt geschehen kann. Dafür haben sie große leuchtende Lichtfäden, die sich über eure Chakren erhalten und austauschen können.

Wenn ihr also ein Organ oder mehrere weggebt, dann wird auch euer feinstoffliches Sein mitgestört. Anders ist das, wenn der Mensch verbrannt wird und bereits richtig gestorben ist. Dann hatte er aber vorher immer genug Zeit gehabt, seinen Gefäßkörper fallenzulassen und vollständig in seinen Print zurückzugehen. Ihr seht, ihr helft also ganz maßgeblich an diesem Schöpfungsprozess mit und der muss immer gut und richtig abgeschlossen sein, sonst nehmt ihr Fehler mit nach drüben, und dass geschieht auf eine kolossale grausame Weise, wenn es zu einer Organentnahme zum Transplantieren kommt, weil es euch ja nicht mehr gehört, bzw. es gehört euch, aber es ist zum Weiterleben gezwungen und zwar mit seinem stofflichen und ätherischen Anteil. Auch mit den anderen Organentnahmen – der Entnahme eures Blinddarms und eurer Mandeln z.B. – ist es so, dass auch immer euer Urprint damit eine Schwächung erhält. Aber da gibt es trotzdem einen Unterschied: diese Organe werden nicht in einem anderen Körper am Leben erhalten, im ätherischen Feld konnten sie immer bei euch verbleiben – es gibt ja spirituelle Wissenschaftler unter euch, die das versucht haben nachzuweisen (Anmerkung: Mit der Kirlianfotografie bei Pflanzen z.B.) und die Phantomschmerzen bei Amputationen sind dafür ja ein Beispiel.

Wenn also ein Mensch dann endlich, bis er nach seinem Gehirntod ausgeschlachtet ist, sterben darf, dann ist es für ihn nicht mehr gegeben, von der Stofflichkeit zurück zum Urprint eine perfekte Einheit herzustellen, und das macht ihm viel Mühe. Wir müssen dann immer mithelfen und auch dem Urprint zu verstehen geben, dass er jetzt mithelfen muss. Das benötigt sehr viel Kraft. Teure Kraft, die ihr zum leichten Sterben bräuchtet. Und da kann es natürlich auch sein, dass ihr diese Problematik, die Angst wieder ausgeschlachtet zu werden – denn ihr bekommt ja alles mit! –, auch ins nächste Leben wieder mitnehmt und das geht den jetzt wenigen wiederinkarnierten Spendern so. Das blockiert aber nicht nur euer nachfolgendes Leben, sondern auch eure weiteren Leben danach – genau so wie eure früheren durchgemachten Tode eure weiteren Leben blockierten und oft immer noch blockieren, die ihr durch Kriege, Inquisition oder andere Morde sterben musstet.

Aber nichts ist so schlimm, wie eine Organentnahme und das Weiterleben dieses Organs in einem anderen Körper. Wir rufen dann immer zu großen Heilungszeremonien auf und haben mittlerweile damit schon viel zu tun.

Was bedeutet es nun für den Empfänger ein Organ zu bekommen? Dieses Organ wird von euren Ärzten nur aus der sichtbaren Stofflichkeit heraus betrachtet. Aber dieses Organ bringt ja das ätherische Feld, den Bau aller Körper im Feinstofflichen mit sich mit. Sonst würde es das Organ ja gar nicht geben können. Und es hat über die dafür zuständigen Chakren mit ihren Lichtfäden immer die Verbindung zu seinem Urprint gehalten, um lebensfähig zu sein. Ihr pflanzt also nicht nur ein Organ ein, sondern auch immer das feinstoffliche Sein des anderen Menschen, oder noch besser gesagt, damit ihr die Problematik versteht: das ätherische Feld samt der Lichtfäden des verstorbenen Spenders, die trotzdem immer wieder versuchen zurück zu ihrem Urprint zu gehen und mit ihm im Austausch zu bleiben. Den ätherischen Teil des Spenderorgans plus seiner Lichtfäden, die immer zurück zu ihrem Urprint gehen *müssen*, nehmt ihr also als Empfänger bis zum Ende eures Lebens mit euch mit..."

Ich weiß nicht, wenn in der Zukunft auch die Physiker und Mediziner zu diesen Erkenntnissen kommen, ob diese dann auch zu einem Transplantationsverbot führen werden, denn die Maschinerie der Transplantationen ist in unseren Kliniken zu einem so großen wissenschaftlichen und wirtschaftlichen Faktor geworden (beide sind ja nicht zu trennen), dass – so glaube ich – eine moralische Diskussion immer niedergeschlagen werden wird. Und wie schon gesagt, da der Mensch gerne lange leben möchte, wird derjenige, der diese Diskussion führt, als unmenschlich abgetan werden. „Was", wird dann gefragt: „Wenn es dein Kind ist, das sterben muss, willst du dann nicht sein Leben auch verlängert wissen?" „Was ist aber, wenn es dein Kind ist", so gebe ich zurück, „das ausgeschlachtet wird?" Es gibt zur Genüge Betroffene, die sich von ihrem Schock, dass sie einmal die Einwilligung gegeben haben, dass ihr Kind Organe zum Transplantieren hergeben musste, nie mehr erholen konnten, weil sie ihr Kind danach völlig ausgeschlachtet sahen. Auch von ihnen können wir sehr viel lernen.

Wenn wir heute gezwungen werden sollen, jährlich ein schriftliches Verbot gegen eine Transplantation auszusprechen – ansonsten sind wir ausschlachtfähig –, dann ist es auch kein weiter Schritt mehr irgendwann alle Menschen zur Hergabe ihrer Organe zu verpflichten, bzw. sie zu zwingen (wie gesagt immer unter dem Deckmantel: „Dann sind Sie auch ein Gutmensch.") Auch dieses Beispiel zeigt, wie wichtig es ist, dass der Mensch mehr von der geistigen Welt und ihrem Aufbau weiß.

Dass auch seit Jahrzehnten Tierversuche durchgeführt werden, damit die Transplantationsmedizin „erweitert" und „verbessert" werden kann, will ich hier noch erwähnen, denn für die Tiere gilt das gleiche. Und sie können sich nicht als Versuchstier verweigern, sie werden nicht gefragt, ob sie Empfänger oder Spender sein wollen – genau so, wie sie nicht gefragt werden, ob sie für unsere Ernährung aufs Schaffott gehen möchten. Einem „heiligen" Leben entsprechen solche Lebensbedingungen für Mensch und Tier nicht. Es ist oft schwer, sich mit denjenigen Menschen zu beschäftigen, die von sich glauben, dass sie wichtig und intelligent genug sind, um für uns bestimmte Lebensregeln aufzustellen; mit diesen Menschen zu leben und sich auseinandersetzen zu *müssen*, die sich von der Urschöpfung sehr weit entfernt haben, die aber (über unseren Gang an die Wahlurne) das Sagen bekommen haben und uns durch rechtliche Voraussetzungen ihre Spielregeln und Ansichten zu jeder Zeit anmaßend aufzwingen können – wenn sie dafür nur genügend Menschen im Parlament zur Abstimmung bewegen können.

Gerade das letzte Beispiel über Transplantationen sollte ein Anreiz dafür sein, dass sich Physiker und Mystiker annähern. Beide haben ihre Berechtigung.
Es wäre schön in der Zukunft Physiker zu haben, die auch schamanische Religio/Rückbindungsreisen unternehmen, damit es vorangehen kann mit einer heilen und heiligen Wissenschaft.

Mystiker, die sich mit der Physik beschäftigen, gibt es ja schon immer mehr.

Die erste Burg, die Gralsburg

Skizze der Gralsburg © Almut Starke und die Autorin:

„Wenn ihr bereit seid, mit uns Hütern der Gralsburgen zusammen eine neue Welt aufzubauen, dann dürft ihr in die Gralsburg gehen. Die Hüter darin sind diejenigen, die für euch das Wissen Gottes aus der urgeistigen Welt herunterleiten. Auch sie wachsen, wie ihr immer zu wachsen bereit seid. Sie sind eure euch beschützenden Brüder und Schwestern – und genau so wie ihr, gehen sie eines Tages wieder mit euch zusammen zum gemeinsamen Ursprung – ins Vakuum – zurück.
Anthea"

Die erste Gralsburg

Ich versuche es viele Male in die Gralsburg zu kommen und bleibe zumeist an der Treppe zu ihrem Eingang hängen und komme nicht weiter. Ich setze viele Reisen dafür an. Die Gralsburg lässt sich immer mehr wie die Burg Neuschwanstein erkennen, die irgendwie im All verankert ist, man könnte auch sagen, dass sie im Himmel freischwebend hängt. Zu ihr führt eine lange, aber nicht sehr breite weiße Treppe hinauf. Der Himmel hat ein wunderbares tiefes Azurblau.

Ich kenne die aus weißem Stein bestehende, strahlende himmlische Burg bereits. Außen vor bin ich in den letzten Jahren schon öfter gewesen. Aber ich hatte nie Zugang zu ihr und hatte es auch unterlassen um Eintritt zu fragen, denn mein Respekt war zu groß. Ich fühlte, ich durfte noch nicht hinein. Ich musste noch wachsen.

Wenn man die Silhouette der Gralsburg sieht, versteht man wieder einmal, dass Ludwig der II.von Bayern, Neuschwanstein nicht umsonst gebaut hat, und auch, dass er Richard Wagner kennenlernte, sollte nicht umsonst gewesen sein. Beide sollten den Menschen in unserem europäischen Raum das Wissen über die Gralsburg zurückgeben. Wie schon auf Seite 23 dieses Buches erwähnt, hatte Ludwig der II. von Bayern seinen Untertanen für den Bau viel abgefordert, aber auch sich selbst nicht geschont. Er schlief während der Bauzeit nur in einem kleinen Kämmerlein, von vielen großen Baustellen umgeben, und er führte dabei nicht unbedingt ein königlich zu nennendes Leben.
Er nannte sich auch gerne Parzifal.

Ich komme während mehrerer Sitzungen langsam die Treppe hoch, deren Geländer auch aus hell strahlendem weißen Stein besteht und werde von Rainier geführt, der sich bei mir bereits beim Channeln (siehe den Brief zur dreizehnten Lichtkörpererhöhung und zum Gralswissen auf Seite 29f) und in anderen Sitzungen vorgestellt hat. Er nimmt zu dieser Zeit während der Nacht Reinigungen an mir vor und macht das auf schamanische Weise, indem er mir in den Schlund fasst und alles Dunkle dieser Welt, das an mir haftet, zu entfernen versucht. Ich lasse es geschehen, denn zum einen kenne ich diese schamanische Technik von anderen Schamanen – ich selbst benutze sie nicht –, zum anderen ist es mir schon bewusst, dass man nur gereinigt und richtig erhöht in die dreizehnte Lichtkörperebene kommen kann und sollte.

Dann komme ich doch wieder voran.
Ich stehe vor einer großen und schweren Holztür. Ich knie vor ihr nieder und bete und bitte so um Einlass. Für diese Zeremonie muss ich wieder mehrere Sitzungen ansetzen, bevor ich herein darf.
Die Tür öffnet sich.
Zwei Ritter stehen links und rechts an der Innentür mit Speeren bewaffnet. Sie halten sie zuerst noch gekreuzt. Ich grüße sie und bitte auch sie noch einmal um Einlass. Indem sie die Speere herunterlassen, zeigen sie mir, dass ich weitergehen darf. Sie scheinen mich zu kennen. Ich bedanke mich und komme in einen quadratischen, sehr hohen Raum. Es fällt mir schwer, mich auf Einzelheiten im Raum zu konzentrieren. Mein geistiges Auge hat sich erst an diese geistige Welt zu gewöhnen. Ich sehe zwar Bilder an den Wänden hängen, kann ihre Motive aber nur schwer erkennen. Es scheinen Bilder von alten Weisen des Himmels zu sein. Ich laufe im Raum herum und lasse alle Eindrücke erst einmal auf mich einwirken. Ein Fenster scheint es nicht zu geben.

Inmitten des Raumes, auf einem Tisch mit Tuch, sehe ich, wie auf einem Altar aufgebaut, ein Schatzkästchen stehen. Ist das schon der Gral oder vielleicht die Bundeslade? Ich wüsste gern, was darin ist, traue mich aber nicht darauf zuzugehen und das Kästchen zu öffnen. Über dem Altar fliegen mehrere Tauben. Ich komme erst einmal bis hierher und nicht weiter und benötige erneut mehrere Sitzungen, um weitergehen zu können.

Die nächsten Erkenntnisse

Ich entscheide mich den Weg nach rechts zu nehmen.
Ich weiß, dass er der richtige ist.

Es ist wieder eine Holztür, durch die ich zu gehen habe und wieder stehen zwei Ritter mit gekreuzten Speeren davor. Auch sie geben mir den Zugang frei. Sie lächeln mich dabei an. Auch sie scheinen mich zu kennen. Ich stehe nun in einem langen Gang. Der Weg wird rechts von der Außenwand der Burg begrenzt. Die Wände bestehen aus sehr hellem Sandstein. Während ich auf dem Gang weitergehe, verfolge ich ihn architektonisch, damit ich ihn mir – ebenso wie den Aufbau der Gralsburg – besser merken kann.

Weiter komme ich erst einmal nicht. Auch hier brauche ich wieder ein paar Anläufe, bis ich den Flur der Burg heller sehen kann.

Am Ende des Flures befindet sich auf der rechten Seite ein sehr kleiner Aufgang zu einem Turm, auf dem ich mich stark bücken müsste, wenn ich dort hinaufgehen wollte. Doch den nehme ich nicht. Ich sehe eine Holztür auf der linken Seite. Sie erreiche ich mit wenigen Schritten. Die Holztür ist heller als die Türen zuvor. Auch sie wird wieder von zwei Rittern bewacht.

Ich bitte auch hier um Einlass. Auch hier ist alles noch sehr diffus beleuchtet und darum schwer zu erkennen. Ich weiß natürlich, dass in Burgen allgemein diffuses Licht herrscht, und trotzdem ist es mir durchaus bewusst, dass ich es sein muss, die das Licht in den Raum hineinbringt. Schließlich befinde ich mich nicht auf der Erde, sondern in einem geistigen Raum. Ich verstärke die Energie in meinem dritten Auge.

Eine Frau kommt mir entgegen und grüßt mich hoch erfreut und in großer Liebe mit mir verbunden. Sie macht mich fast atemlos. Sie sieht mir aus meinem Leben am Hofe von Ludwig XVI. und seiner Ehefrau Marie Antoinette verblüffend ähnlich. Ich weiß nicht, bin ich diese Frau selbst?*

Soll ich lernen, dass wir, obwohl wir nach unserem Tod in unseren Urprint zurückgehen, in der geistigen Welt, aber auch als alle Personen, die wir einmal in einer Inkarnation gewesen waren, auch verbleiben und damit evtl. sogar auch aus dieser Person immer wieder auferstehen können? Bis jetzt dachte ich immer, wir gehen immer wieder als Einzelperson zu unserem Ursprung – in unsere Urform – zurück und werden vollkommen eins mit ihr und können auch immer nur wieder als Einzelperson (als nur eine Seele geklont!) inkarnieren. * und **

Mir bleibt nicht all zu viel Zeit darüber lange und intensiv nachzudenken.

Nach dieser mich doch sehr verwirrenden Begrüßung mit mir selbst, beginne ich mich zu sammeln und kann in der Mitte des Raumes zuerst einen großen Tisch erkennen. Er ist aus Holz – und nun sehe ich auch viele Menschen, die alle irgendwie seelisch miteinander verbunden sind, und die sich dort wohl regelmäßig zu treffen scheinen – so wie es in Versailles üblich war, wenn sich die Regierenden trafen. Ich scheine sie alle zu kennen, ja auch auf irgendeine Weise zu ihnen zu gehören, nehme aber – außer mir als inkarnierte Persönlichkeit aus Versailles – niemanden sonst als Einzelperson so richtig wahr.

* Liebe LeserInnen, da ich noch vorhabe ein Buch über meine vielfältigen Inkarnationsreisen zu schreiben, möchte ich in diesem Buch nicht vorwegnehmen, wer ich in Versailles gewesen war. Auch im weiteren Text zu diesem Buch, werden von mir noch andere Vorleben angedeutet. Gewitzte Leser können aber per Internet trotzdem ab und an – auch nur mit diesen Andeutungen – herausfinden, wer ich auch noch gewesen war. Ein Buch über Inkarnationsreisen zu schreiben, erscheint mir aber wichtig, um dem Leser darin Einblick zu geben, wie sich das eine Leben mit dem anderen verwebt, und dass es wichtig ist, sich mittels Rückreisetechniken in alte Leben zu begeben, denn nur so können wir klüger über uns selbst werden, denn immer wieder neu geboren, sind und haben wir auch viele Selbste, mit denen wir in uns fertig werden müssen.

** Vielleicht ist der Umstand, dass eine Seele aus ihrem Seelenursprung geklont werden kann auch die Ursache für die Anmaßung vieler Wissenschaftler Tiere und Menschen klonen zu wollen? Gott, den Superdesigner, nachzuahmen, stellt eine große Motivation für die zumeist männlich geprägte Naturwissenschaft dar.
Ihn in seiner Ethik nachzuahmen, sollte aber immer das erste Ziel sein!

Das ewige Feuer

Zur nächsten Tür auf der gegenüberliegenden Seite braucht es für mich wieder zwei Sitzungen. Ich knie mich davor und bete und bitte um Einlass. Ich weiß, dass ich das so tun muss, und ich singe aus dem Hymnus Te Deum:

„Sanctus, sanctus, sanctus.
Dominus Deus Sabaoth.
Pleni sunt coeli et terra
gloria tua.
Hosanna in excelsis.
Benedictus
qui venit in nomine Domini.
Hosanna in excelsis." *

* Heilig, heilig, heilig
Gott, Herr aller Mächte und Gewalten.
Erfüllt sind Himmel und Erde
von deiner Herrlichkeit.
Hosanna in der Höhe.
Hochgelobt sei,
der da kommt im Namen des Herrn.
Hosanna in der Höhe.

* Ist Bestandteil des frühchristlichen Hymnus' Te Deum.

So wie ich es bei einem Klosterretreat immer wieder hörte. Es scheint auch das richtige Lied zu sein, um den Weisen in der Gralsburg den nötigen Respekt zu erweisen. (Dass ich den gesamten lateinischen Text im Himmel auswendig konnte, wundert mich, denn auf der Erde ist er mir nicht sehr geläufig; dieses Lied muss deswegen ganz sicher auch eine Kopie aus dem Himmel sein).
Ich werde eingelassen. Rechts von dem Raum, den ich betrete, gibt es einen Extraraum. In ihm brennt ein Feuer in einem Kamin. Ich sehe Arbeiter, die diese Flamme in Gang halten. Fleißig schaufeln sie Kohlen in den Kamin. Es sind klein anzusehende Männer, die diese Arbeit ver-

richten. Sie sind schwarz angezogen; wie bei uns die Kaminfeger und man sieht wieder einmal daran, dass alles das, was man im Himmel findet, auch bei uns auf der Erde eine Entsprechung hat.

Ich erkenne das Feuer sofort als *das heilige Feuer*. Es ist Agni, die immerwährende Flamme, die alles am Leben erhält, die von Gott kommt und in immer kleineren Versionen sich im Weltall verteilen muss, um alles am Leben zu erhalten. Dieses Feuer ist Teil der großen Lichtdusche für das Weltall sowie in kleinerer Version auch noch in der Sauciere oder im Kelch als eine kleinere Menge an Lichtquanten vorhanden und scheint hier in der Burg durch die Männer in Gang gehalten werden zu müssen. Agni ist aber auch das Feuer in uns selbst und wird in uns durch unsere Mitochondrien in Gang gehalten*, um uns unser stoffliches Leben zu gewährleisten. Mitochondrien sind Zellorganellen (auch sie kann man wie kleine Grale betrachten), die in jeder unserer Zellen als Energiekraftwerk arbeiten und für die Zellatmung zuständig sind. Auch sie müssen – nun aber durch unseren eigenen Stoffwechsel – in Gang gehalten werden. Sie haben eine Doppelmembran und eine eigene DNA. Gerade in der naturheilkundlichen Medizin wuchs in den letzten zehn Jahren immer mehr die Erkenntnis, dass Alterskrankheiten und Energiedefizite des Körpers auf schadhafte Mitochondrien zurückgehen und dass auch Antibiotikabehandlungen ihre Energie aus dem Fluss bringen können und dass man deshalb – z.B. durch Coenzym – die Behandlung der Mitochondrien immer mit im Auge behalten sollte. In meiner Praxis verwende ich Coenzym schon seit 25 Jahren regelmäßig bei der Entgiftungsbehandlung meiner Patienten und Patientinnen.

Mehr kann ich in diesem Raum nicht erkennen. Ich gehe nicht hinein. Ich weiß, dass ich dort keinen Zugang habe.

Jedes neue Schauen und die damit verbundene Einsicht macht mich erst einmal müde. Ich muss mein geistiges Auge noch mehr auf die Begebenheiten in der Gralsburg einzustellen lernen und auch erst einmal alles verarbeiten und brauche dazu mehrere Tage mit immer wieder neuen Anläufen.

---

* Insbesondere Dr. med. Heinrich Kremer hat folgende These entwickelt und im Jahre 2004 veröffentlicht: Die Cellsymbiosis-Therapie nach Kremer kurz:
„Die Atmungsketten in den Mitochondrien produzieren Photonen. Die Kommunikation in der Atemkette arbeitet mit Lichtquanten. Der Mensch ist also ein wandelndes Lichtquantenfeld!" Aus www.naturheilpraxis–hollmann.de/Mitochondrien.htm."

Bei meiner Freundin in Hamburg

Auch bei meiner Freundin will ich mit meinen Sichtungen weitermachen. Während ich auf meine Reise gehe, schreibt sie meine Erzählungen mit.

Ich gehe in den nächsten Raum. Dort wartet der für mich bis jetzt als der Aufgestiegene Meister – obwohl er eher als „der Herabgestiegene" betrachtet werden sollte –, bekannte Wiedergänger „St. Germain". Er sagt: „Du machst das klasse", und er meint damit meinen Willen die Gralsburg zu durchstreifen und von ihr lernen zu wollen, und er sagt auch noch: „Ich tröste dich für dein Leben!"

Er sitzt auf einem Thron. Es gibt ein Défilé von Menschen, die ihm seine Aufwartung machen möchten. Sie alle sind schon sehr weit entwickelte Wesen. Ich überlege, ob es geistige Wesen, oder auch Menschen von der Erde sind, die ihn gerade auch, so wie ich – mittels Religio – in der Gralsburg aufsuchen. Ich stelle mich rechts neben ihn und er sagt zu mir, dass ich immer schon seine Königin Guinever gewesen sei und beim Regieren stets seine Hand gehalten hätte. Ich nehme seine rechte Hand, die er mir auf meine rechte Schulter legt. Ich kann es zuerst nicht glauben, doch ich sehe, dass ich wirklich seine Frau gewesen sein muss. Er hatte mir das ja schon öfter versucht nahe zu bringen, aber ich hatte das immer abgeblockt. Und ich erkenne nun auch mit Gewissheit, was ich schon oft vermutet und auch vielen Menschen gesagt hatte, dass er ganz sicher der große König Arthus ist, von dem die Legenden in der einen oder anderen Art erzählen.

Er sagt: „Wir beide müssen später auch noch zusammen in den Keller gehen. Aber du musst da nicht runter gehen, das können wir zusammen energetisch machen", und er sagt auch noch, dass ich (auf meiner jetzigen realen Erdebene) meinen Willen mehr durchsetzen soll.
Wenn das so leicht wäre...

Doch bevor ich in den nächsten Raum eintrete, fliegt mir eine Taube mit einem Zettel in ihrem Schnabel entgegen. Sie übergibt ihn mir. Ich kann aber nicht sehen, was darauf geschrieben steht. Einzelheiten zu erkennen fällt mir immer noch schwer; es ist so, als wenn man mir eine Brille mit zu starken Gläsern aufgesetzt hat, die nicht zu mir passen will. Darum bitte ich, dass jemand kommt und mir das Geschriebene vorliest. Die große Meisterin Kwan Yin – die Schamanenmutter aller Schamanen und Schamaninnen – erscheint. Sie liest mir vor, was auf dem Zettel steht: „Du sollst auf der Erde mehr als Schamanin tätig werden." Sie bindet mir einen Ledergürtel um und zerrt ihn an mir hin und her, bis dieser endlich richtig an mir zu sitzen kommt. Ich verstehe, dass das eine schamanische Handlung ihrerseits ist – der Gürtel soll mich für die Zukunft mehr für meine schamanische Arbeit stärken. Es ist nicht leicht mit einer Praxis für Naturheilkunde, durch die man sein Geld verdient und die Arbeit mit den Büchern und der Organisation meines Verlages, sich noch mehr auf den Ausbau meiner schamanischen Arbeit zu konzentrieren, ich bräuchte mehr Unterstützung – und außerdem gibt es nicht so viele Menschen, die den Mut aufbringen, sich einer schamanischen Sitzung zu unterstellen und fortgeschrittene Lehren entgegenzunehmen. Die meisten Menschen haben Angst davor. Und wenn sie doch zu mir kommen, dann bekommen sie – was total widersinnig ist, denn dafür kamen sie ja eigentlich – insbesondere dann Angst vor mir, wenn ich ihnen etwas aus ihrem Leben sage, was ich eigentlich nicht wissen kann oder wenn ich die Namen von Bekannten und Verwandten oder andere für sie wichtige Personen nenne.

Zum nächsten Zimmer ist die Tür vollständig mit silbernem Metall beschlagen. „Dies ist der Raum der Leichtigkeit", wird mir gesagt. Ich gehe dort hinein.
Menschen tanzen und singen, und ich sehe einen Chor aus Nonnen. Sie singen ganz wunderbar. Arthus ist wieder da und tanzt mit mir, aber auch mit anderen Frauen. Es sind die klassischen barocken Tänze, die wir auch in Versailles getanzt haben. Ich kann kaum jemand anderes deutlich erkennen, jedoch hat alles eine wunderbare, friedliebende und liebevolle Atmosphäre.

Ich will weitergehen, muss aber stoppen, denn vorher wird mir noch gesagt, die Stimme dafür kommt aus dem Off, wie hinter einer Wand verborgen: „Du hast nun eine Prüfung zu bestehen!" Dann nehme ich meinen Weg. Ich sehe eine kupferbeschlagene Tür mit schmalen Holzsäulen am Türrahmen. Ich gehe durch diese hindurch und komme auf eine große Terasse, deren Boden aus terrakottafarbenen Kacheln besteht. Der Sternenhimmel um mich herum ist riesengroß. Was mich überrascht ist: Er rast wahnsinnig schnell vor mir dahin und doch herrscht auf der Terasse selbst vollkommene Ruhe.

Mich friert. Rainier, dessen Zeilen zum Gral ich bereits auf Seite 29f aufgeschrieben habe, kommt und legt mir eine blaue Wolldecke mit Sonnen, Monden und Sternen bedruckt um – es ist derselbe bedruckte Stoff, den er jetzt auch als Ritteranzug geschneidert trägt. Ich kenne dieses Muster. Paloma Picasso hat es als Druck für eine Bettwäsche verwendet, die ich einmal gekauft habe, siehe Foto, und auch unser europäisches Sternenbanner* ist diesem Muster sicher nicht ohne Grund ähnlich. Rainier bleibt noch eine Weile bei mir, damit ich mich an die Situation auf der Terasse gewöhne. Dann ist er wieder weg.

Foto:

* aus http://www.bundesregierung.de: „Die Beratende Versammlung des Europarats" hat das Sternenbanner 1954 empfohlen. Der Ministerrat beschloss es 1955 offiziell als Flagge. Die Europäische Gemeinschaft übernahm die Fahne 1985.

Ein paar Meter von mir entfernt, befindet sich links ein kleineres Teleskop, um den Himmel anzusehen. Ich sehe mir damit den Sirius genauer an. Obwohl der Himmel sich so schnell bewegt, bin ich doch fähig mich auf den Sirius zu konzentrieren. Ich werde nun wieder aus dem Off begleitet. Die Stimme fragt mich: „Was kannst du vom Sirius erzählen?" Ich antworte: „Er sieht so klein aus, obwohl er doch sonst von der Erde aus für uns als sehr groß erscheint, weil seine Leuchtkraft so stark ist", und ich sage auch noch, „da komme ich her."

Danach benutze ich auch noch das rechts stehende größere Teleskop, um noch tiefere Einsichten über das All zu bekommen.
Wieder spricht die Stimme: „Du weißt nicht so viel von der Welt. Das wird dir jetzt übertragen. Du musst jetzt studieren!" Ich soll mehr über den Sternenhimmel wissen. (Auf der realen Erdebene habe ich zu Weihnachten meinen Enkelkindern gerade einen Sternenatlas geschenkt und sollte den wohl auch selbst studieren. Ich habe meine Enkelkinder gebeten, mir diesen nächstes Mal mitzubringen, damit ich mit ihnen damit spielen und auch für mich selbst mehr lernen kann.)

Zum studieren setze mich in einen kleinen Raum am Ende der Terasse an einen Schreibpult und bekomme einen Kalligraphen, um alles das in Schönschrift aufzuschreiben, was mir in dem Moment über das Wissen des Weltenraumes durchgegeben wird. Dabei wird mir das kosmische Wissen mit derselben Technik durchgegeben, wie auf der Erde, wenn ich für meine Bücher channel; nämlich direkt in das Kronenchakra hinein – dieses Mal mittels einer Lichtquantenmenge eines kleinen Grales, einer Saucierenfüllung.

Ich wundere mich, dass ich noch auf altmodische Weise einen Kalligraph für Schönschrift verwenden soll, aber auf der Erde bereits einen Computer verwende, um alles aufzuschreiben. Ist nicht alles unten wie oben und oben wie unten? Ist hier die Entwicklung etwa stehen geblieben? Das Rittertum, die alten Tänze, die Garderobe, alles ist wie aus dem 18. Jahrhundert entstiegen. Es muss einen Grund dafür geben, aber ich weiß, dass ich wieder zu viel aufnehmen müsste, um mir auch darüber noch nähere Gedanken machen zu können. Ich verschiebe auch hier das Problem. Es ergeben sich zu viele neue Fragen. Vielleicht lässt es sich ja später lösen?

Mir wird noch gesagt: „Tanzen, studieren und lehren sind für dich immer wichtig gewesen." Und das ist wirklich wahr. Ich studiere und lehre gerne und in England studierte ich Tanztheater. Und das war wirklich „Ich" und ein Geschenk für mich gewesen.

Im Raum der Weisheit

Ich gehe aus dem Studierzimmer heraus, in dem ich das mir gedanklich durchgegebene Studiermaterial über den Sternenhimmel niedergeschrieben und gelernt habe. Links daneben befindet sich gleich wieder eine Tür. Sie besteht dieses Mal aus Holz, hat aber auch wieder Holzsäulen vor ihren beiden Seiten.
Ich stoppe, denn über der Tür, auf ihrem Holzrahmen, ist eine Hyroglyphe mit bunter Farbe aufgemalt, die ich nicht genau zuordnen kann. Es ist ein Vogel. Der Vogel Ibis?* Wie ich das zu deuten habe, weiß ich nicht. Ich verstehe praktisch nichts von der alten ägyptischen Hyroglyphenschrift – zumindest nicht in diesem Leben. Auch diese Tür steht etwas offen. Ich muss nur bereit sein in den Raum einzutreten. Ich öffne die mit schönen Ornamenten bestückte und schwere Holztür ganz und es wird mir dabei von meiner mich begleitenden Stimme erklärt, dass dies nun der „Raum der Weisheit" ist, den ich betrete.

Es ist erst noch dunkel in diesem Raum. Wieder versuche ich – und kann das jetzt schon besser – den Raum mit meinen Gedanken zu erhellen, und ich erkenne Salomon*. Er sitzt vorn auf der Kante seines Königssessels; bereit jederzeit für mich aufzustehen. Von rechts kommt eine Frau mit einer Sauciere, die mit Gralslicht gefüllt ist. Salomon, orientalisch angezogen und mit einem Turban auf dem Kopf, steht auf, nimmt die Sauciere und dippt mit seinem rechten mittleren Finger in ihren Gralslichtinhalt hinein. Er zeichnet mir damit auf mein drittes Auge einen Punkt. Er will es mit dieser Zeremonie noch mehr öffnen. Er macht das insgesamt drei Mal. Salomon sagt dabei: „Die Astrologie ist wichtig und die Sterne lügen nie." Ich antworte darauf: „Aber es wird auf der Erde nicht immer alles richtig weisgesagt, weil die Menschen nicht mehr so viel von der alten Astrologie wissen." Salomon nickt. Auch ich weiß nicht so viel darüber, obwohl ich mich lange mit den verschiedensten Methoden der Astrologie beschäftigt habe. Die Astrologie unserer Zeit ist nicht mehr unbedingt dieselbe der alten Zeit.

*Als ich aus dieser Reise komme, nehme ich mir in der Realwelt mein Buch über die Hyroglyphen vor und finde den Ibis-Vogel als Symbol Thoth's als Hüter der Weisheit, der Schrift und der Astrologie und Astronomie (was ja früher eins war).
Ist Salomon auch Thoth?

Ich denke wieder an den Sirius, von dem ich glaube, dass er auch meine geistige Heimat ist und von dem ich auch nur noch sehr wenig weiß. Jedoch hatte ich mich schon vor vielen Jahren mit Robert Temple's Buch „The Sirius Mystery – New Scientific Evidence of Alien Contact 5,000 Years Ago", Destiny Books, Rochester, Vermont, mit dem alten Wissen des Volksstammes der Dogons beschäftigt, die einen dritten Stern und seine Umlaufbahn schon zu einer Zeit mit einer mathematischen Präzision beschreiben konnten, in der es die wissenschaftliche Astronomie noch gar nicht gab. Sie sagen, dass ihr Wissen von intelligenten Wesen stammt, die sie vor langer Zeit vom Sirius aufgesucht haben, um ihnen die präzisen Informationen über ihren Stern und sein Sternensystem zu hinterlassen. Heute wird dieser dritte Stern Sirius C genannt.

Wie alle ähnlichen Bücher wurde natürlich auch dieses Buch zu widerlegen versucht. Zurück blieb bei mir aber immer die Freude an solchem Wissen mit seinen spirituellen und intellektuellen Kapriolen und seiner großartigen Magie.

Ich gehe weiter...
Mein drittes Auge scheint sich jetzt wieder an die neue Umgebung angepasst zu haben. Und die nächste Zimmertür steht auch schon leicht geöffnet für mich bereit.

Im Raum der Könige

Ich betrete den Raum und sehe mich zwischen den anderen Königen und Königinnen stehen, die auch in der Gralsburg leben.

Es wird mir aus dem Off erklärt – ich weiß nun, ohne meine Begleitung wäre ich verloren –, dass es insgesamt sechsunddreißig davon gibt, die immer wieder auf die Erde gehen müssen. Und mir wird weiter gesagt, dass davon z.Zt. Harald von Norwegen, Elizabeth II. von England,* und Sirikit von Thailand, auch auf der Erde eine Stellung als König oder Königinnen inne haben und dass auch Königin Juliane der Niederlande, die verstorbene Mutter von Königin Beatrix, eine himmlische Königin ist, und dass es nur selten gewährleistet ist, dass himmlische Könige oder Königinnen auch auf der Erde eine königliche Stellung einnehmen können. „Ein himmlischer König oder eine himmlische Königin müssen auch normale Leben führen – sie können durchaus auch ein Leben als Bettler oder Bettlerin haben."

Ich sehe H., meinen ersten Freund aus meinem jetzigen Leben. Ich gehe auf ihn zu. Auch er ist unter den Königen und Königinnen vertreten. Ich bin darüber nicht überrascht.
„Warum warst du in diesem Leben behindert?", frage ich ihn. Er zeigt mir eine frühere Lebenssituation auf dem Lechfeld mit seiner Lanze, mit der er viele Menschen verletzt und getötet hat. „So etwas sollte sich nicht wiederholen. Ich sollte verlangsamt werden", antwortet er. Er wurde durch die Behinderung ausgebremst. Ich staune immer wieder, dass er keine Krücken hat, obwohl es mir natürlich klar ist, dass es so sein muss, dass man im Himmel wieder heil ist (es sei denn irgendein Organ von einem wird noch in einem anderen Körper am Leben gehalten).

---

* Mir wurde einmal gesagt, dass Prinzessin Margarete, die Schwester Elizabeth's folgendes dem Sinn nach gesagt haben soll: „Wenn die Menschen wüssten, wer meine Schwester in Wirklichkeit ist..." Ich habe versucht diese Aussage zu googeln, habe dazu aber nichts gefunden. Jedoch halte ich es für keinen Zufall, dass man mir diese Worte einmal zukommen ließ, denn seitdem schließe ich daraus, dass Elizabeth II. durchaus selbst weiß, dass sie auch im Himmel eine Königin ist.

„Was hast du an mir geliebt?", frage ich.
Er antwortet: „Deinen Mund, deine Augen und deine Hände – insbesondere das Gestenspiel mit deinen Händen." „Und was du an mir?", fragt er: Ich sage: „Wie du mit deiner Krankheit umgingst und wie du mich gelehrt hast, auf andere Körperbehinderte zuzugehen, das habe ich sehr bewundert." (H. konnte auch nicht viele Schritte beim Gehen hintereinander leisten, ohne zu pausieren. Oft sind wir in den Wald gefahren und haben dort „unsere kleinen Spaziergänge" unternommen. Einmal lief ich ein wenig von ihm entfernt hin und her, denn ich hatte natürlich auch häufig ein Bewegungsdefizit. Da sagte er, mich bewundernd ansehend, er war Bayer: „Engelchen, du hüapfst wie a Reh." Und ich konnte damit die wunderbare Größe seiner Seele erkennen. Keinen Neid auf mich, dass ich es besser hatte als er. Nur Bewunderung für meine Leichtfüßigkeit.)

Ich sehe auch Marie-Antoinette.

Ich gehe auf Mariechen zu (ich weiß, dass ich sie damals in Versailles immer mit ihrem österreichischen Nicknamen angesprochen hatte, um ihr auf diese Weise ein heimatliches Gefühl zu geben). Sie sagt: „Wir hatten ein schönes Leben."
Sie ist immer noch traurig und sehr distanziert. Ich weine Tränen, weil ich sie so unglaublich liebe. Doch sie bleibt weiterhin distanziert und lässt sich auch nicht von mir umarmen. Das war anders als ich vor sechs Jahren meine Reise nach Versailles gemacht habe, als sie mich in ihrem ehemaligen Wohnraum als geistiges Wesen schon erwartet hatte und ich sie beinahe überschwenglichst umarmt hätte; ich konnte mich gerade noch zurückhalten – das hätte ja fantastisch ausgesehen, wenn ich für die anderen Besucher nur Luft umarmt hätte.

Alle Könige tanzen, indem sie sich zu viert formieren und die Hände in der Mitte aufeinanderhalten. Auf diese Weise tauschen sie sehr schnell ihr inneres Wissen aus, damit einer vom anderen profitieren kann und kein Wissen verloren geht. Denn was der eine erlebt hat, ist auch immer dem anderen zu seinem Wachstum gegeben.

Und nun sehe ich auch die komplexen Schritte der barocken Tänze in Versailles als eine Blaupause aus der Gralsburg an, und ich verstehe noch mehr, warum es so wichtig ist, die Hände aufeinander zu legen; wer weiß denn heute noch, dass das Händeaufeinanderlegen nicht nur eine Beruhigung, sondern auch einen non verbalen, geistigen Austausch bewirkt?

König Arthus

Die Tür zum nächsten Zimmer besteht aus geschnitztem, schweren Holz; sie ist in einem tiefen Dunkelblau angestrichen. In der Mitte steht ein Tisch. Arthus steht mit mehreren Männern, wunderbaren weit entwickelten Wesenheiten, von denen ich auch Salomon wiedererkenne, an dem Tisch. Sie beugen sich über eine Karte. Alle tragen denselben blauen Anzug mit Sonne, Mond und Sternen bedruckt, wie Rainier ihn zuvor auf der Terasse schon getragen hatte.

Ich denke erst einmal, weil die Karte blau ist, dass es sich um eine Seekarte handeln muss, auch, weil Arthus als der Wiedergänger St. Germain ja einmal – wie viele spirituell Geschulte es meinen – der Seefahrer Christoph Columbus gewesen sein soll. Doch ob das stimmt, mag ich jetzt nicht fragen. Hohe Konzentration liegt in der Luft.

Bei näherem Hinsehen erkenne ich aber, dass es sich nicht um eine Seekarte, sondern um eine Sternenhimmelkarte handelt, über die sich gebeugt wird. Arthus vermisst mit einem Sextanten (und wieder wundere ich mich, dass auch er nur ein altes Gerät und keinen Computer verwendet) den Abstand der Erde zu anderen Sternen- und Sonnensystemen. Er sagt: „Sternensysteme werden jetzt verändert. Es ist das göttliche Spiel das Bewegung und Veränderung heißt. Der Luftdruck wird sich auf der Erde verändern. Viele Menschen werden noch hyperaktiver werden. Menschen werden beim Laufen die Knie wegsacken. Die Kinder, die jetzt geboren werden, tangiert aber die Schnelligkeit nicht mehr. Aber das Spiel muss sein, das Entwicklung heißt."

Die nächste Tür zum Großen Raum

Arthus sagt mir, dass ich weitergehen darf.
Die schwere Tür zum nächsten Raum sieht genau so aus wie die Tür zuvor, auch tiefblau angestrichen. Arthus sagt mir auch, dass der nächste Raum „Großer Raum", aber auch der „Raum der Erkenntnis" genannt wird. Ich soll in ihn hineingehen und ihn mit dem großen Schlüssel, den ich auch schon blitzschnell in den Händen halte, hinter mir abschließen. Zuerst sehe ich Menschen in dem Großen Raum hin- und hergehen. Das Licht ist wieder sehr diffus. Ich muss mich wieder anstrengen, dem Raum erst Licht zu geben, denn auch hier gibt es – wie in den anderen Zimmern zuvor – keine Fenster, durch die Licht von außen scheinen könnte (auch auf meinen weiteren Reisen konnte ich nie Fenster entdecken; alle Räume – ob hier in der Gralsburg, aber auch in der Is–Burg und im Kristallpalast oder auch in anderen Dimensionen –, mussten und müssen immer durch einen selbst erleuchtet werden). Dann sehe ich, es gibt eine Empore aus dunklem Holz. Auch die Regale an den Wänden sind aus demselben dunklen Holz angefertigt. Und ich erkenne, dieser Raum beinhaltet eine sehr große Bibliothek. Ich sehe Renata. Sie erwartet mich bereits. Renata kenne ich schon seit vielen Jahren durch meine vielen kosmischen Reisen. Ich freue mich, dass sie da ist. Wir sind in tiefer Liebe miteinander verbunden. Ich halte sie für meine kosmische Schwester. Sie sagt zu mir, dass ich bereits alle Bücher in diesem Raum gelesen habe, sie also kenne und dass ich mich deswegen auch schon mehrfach in diesem Raum aufgehalten habe. (Ich erinnere mich an meinen Traum vor etwa 20 Jahren, als Arthus – für mich damals noch der als St. Germain bekannte Weltenwanderer und Wiedergänger* – mir in Blankenese ein Haus zeigte, dass auch eine Bibliothek

---

*So titelte Peter Krassa sein Buch über ihn bezeichnenderweise: „Das zeitlose Leben des Grafen Saint-Germain DER WIEDERGÄNGER >>Der alles weiß und niemals stirbt<<, Herbig, J.Ch. Mellinger Verlag Stuttgart", und das Ensemble Phoenix spielt heute Kompositionen von St. Germain aus den späten 50er Jahren des 18. Jahrhunderts, die ich sehr empfehlen möchte. Ich habe auch während meiner Arbeit an diesem Buch und meinen Sichtungen immer wieder zur Einstimmung diese Musik gespielt Für Interessenten, hier die Bestelladresse: Hahn-Engel Verlag Eckernförde, info@hahn–engel.de, www.hahn–engel.de.

enthielt und er mir eine CD mit unserem alten Wissen übergab und andeutete, dass New York für uns beide wichtig sei. Um seine Worte zu untermauern, hielt er ein großes Pappschild vom Empire State Building unter seinem Arm. Ob er damals wollte, dass ich nach Amerika gehe?) Zu meiner Enttäuschung bleibt Renata nicht lange, sie ist schnell wieder weg.

Hier, die Burg, ist Avalon, wird mir erklärt. Ich werde wieder aus dem Off weitergeleitet. Und mir wird auch aus dem Off erklärt, dass Arthus Avalon tief in die Seelen der Erdbürger eingebrannt hat, damit die Menschen es nie vergessen, dass es eine Gralsburg mit einer Tafelrunde und dem heiligen Gral gibt.

Ich sehe nach, ob es ein Studierpult mit einem Stuhl gibt, wie in meinem Studierzimmer, in dem ich mit dem Kalligraphen das mir durchgegebene Wissen über die Sterne aufschreiben sollte. Doch ich kann beides nicht erkennen. Ich sehe, dass man überall lesen kann und setze mich dann mit einem Buch auf eine Treppe.

Ich frage mich, welche Bücher davon ich früher am liebsten gelesen habe und bekomme auch gleich die Antwort von meiner mich begleitenden Stimme: „Die vom Sternenhimmel, der Astrologie, der wahren Astrologie." Ich werde noch einmal darauf verwiesen mehr als Schamanin als medizinisch als Heilpraktikerin zu arbeiten (ich hatte auch die Nacht zuvor einen Traum davon gehabt, wie ich wieder mehr Rückbindungs-, Trommel- und Inkarnationsreisen unternehmen will, aber nicht daran glaube, genug Menschen dafür zu bekommen. Die meisten Menschen, die zu mir kommen, haben zumeist nur den Willen für ein oder zwei Mal ihre eigenen akuten Tragödien zu bearbeiten, aber nicht für den Rest ihres Lebens mit den Wesenheiten – ihren Brüdern und Schwestern – im Himmel in Verbindung zu treten und manche haben ja auch – wie schon erwähnt – Angst davor).

Auch wird mir gesagt, dass Mohammed, der Begründer des Islam, schon hier gewesen sei, sowie Rudolf Steiner, Gandhi und Hildegard von Bingen.

In der Gralsburgkirche, in noch einer Bibliothek und dann im Keller

Ich gehe weiter. Und komme nun an eine kleine Tür, die hinaus auf einen Gang führt. Der Flur macht nach links einen Knick. Auf der linken Seite finde ich erneut Eintritt in ein neues Zimmer. Ich empfinde, dass ich mich jetzt am Ende der rechten Burgseite befinden muss, und dass ich, wenn ich weitergehe, nach links einen Knick machen muss, um dann irgendwann wieder nach links abzubiegen und vorne zum Eingang zurückzukommen.

Zu meiner Überraschung komme ich nun in eine Kirche; sie ist in französischem Barockstil* erbaut. Ich schaue sie mir neugierig an. Ich gehe immer wieder in ihr herum, kann aber niemanden entdecken. Ich glaube, dass mir wieder einmal vermittelt werden soll, dass auch die europäischen Kirchen von oben gedacht waren – dass alles eine Kopie aus der feinstofflichen Welt ist; dass nur so Kultur und Religion (als eine Ab- oder auch Unterart von Religio) auf der Erde erhalten werden kann. Denn sonst wären die Menschen ganz und gar verroht.
Ich sehe mir alles an und bin froh, dass es das alles gibt.

Es gibt eine Tür zum nächsten Raum. Auch er beinhaltet eine Bibliothek, die aus sehr braunem Holz getäfelt ist. Und auch dort gibt es wieder eine Empore mit vielen Büchern. Ich sehe eine Bücherleiter, mit der man die Bücherregale abfahren kann, und mir wird erklärt – auch jetzt werde ich aus dem Off begleitet –, dass diese Bücher sehr sehr alt sind. „So alt wie die Menschheit." Mir wird auch gesagt: „In dieser Ecke sind die Bücher für die Mathematik – die heilige Mathematik –, in dieser die Bücher für die heilige Geometrie, in dieser Ecke für die heilige Medizin", und dass es wichtig ist, die Wissenschaft als heilig zu betrachten und nicht als das, was die Menschheit daraus gemacht hat, die bereit ist Tiere nicht nur für ihr Essen, sondern auch für ein „mehr an Wissen" auf das Scheußlichste zu benutzen und zu töten.

* „In Frankreich erhielt der Barockstil eine ruhigere, dem französischem Wesen entsprechende, Prägung." (Aus:http://de.wikipedia.org/wiki/Barock)

Ich nehme mir das Buch hervor auf dem „Anthea" steht und bleibe auf der Leiter stehen. Ich schlage mein „Buch des Lebens" neugierig auf und lese darin.

Dort steht, dass ich ein Engel bin und auch immer war und zwar schon seit Äonen. Und dass ich bereits in feinstofflicher Form auf der Erde gewesen war, als es noch die Dinosaurier gab und die Menschen noch nicht. Danach wird mir drei Mal gesagt: „Es ist erwirkt, dass sie nicht mehr auf die Erde muss, es ist erwirkt, dass sie nicht mehr auf die Erde muss, es ist erwirkt, dass sie..." und weiter:
„...dass ich noch einmal auf die Erde gehen musste, um das kosmische Wissen – auch das Wissen über die Gralsburg – auf die Erde zu bringen und dass es für mich als Engel immer schwer war, weil ich darum auch oft den Neid der Menschen auf meine geistige Reife erregt habe." Dieses Mal waren es Engel, die zu mir gesprochen haben.

Ich beschließe wieder weiter zu gehen und komme durch eine kleine Tür in einen romanisch aussehenden, viereckigen Gewölberaum. Er ist terrakottafarben und leicht rötlich und grünlich angestrichen – ich denke dabei an einen Raum auf der Wartburg in Sachsen, auf der ich auch einmal lebte (siehe dazu mein Buch „Wighart der Ritter der Schwerter – Die Geschichte einer Seelenpartnerschaft über den Schleier hinweg") und den ich auch in diesem Leben aufgesucht habe.

Ich sehe einen sehr kleinen Eingang zu einem Turm und muss mich bücken, um dort hineinzugehen. Ich steige den Turm hoch und sehe den blauen, taghellen Sonnenhimmel. (Ich habe immer wieder kleine Aufgänge zu Türmen gesehen, weiß aber nicht, wieviele es davon in der Burg wirklich gibt. Mich darauf zu konzentrieren und sie zu zählen, dazu habe ich keine Zeit. Ich muss meine Aufmerksamkeit auf die anderen Dinge lenken, z..B. wie ich in das nächste Zimmer komme und dort genug Licht hineinbringe, um gut genug sehen zu können).

Auf diesem Turm weht eine rote Fahne. Die Aussicht in den azurblauen Himmel ist wunderschön. Ich atme tief durch und lasse mich für längere Zeit treiben. Dann steige ich wieder den Turm hinunter und gehe zur nächsten Tür; einer kleinen Tür, die zu einem Keller führt. Ich weiß, ich muss dort hineingehen, doch eigentlich will ich nicht so recht. Ich ahne: Sicher erwartet mich nichts Gutes.

Arthus kommt und will mich begleiten. Trotzdem will ich immer noch nicht weitergehen. Doch Arthus ist rigoros. Er nimmt mich auf seine Arme – alles geht blitzschnell. Er trägt mich die Treppe in den Keller hinunter und stellt mich dort auf einer Bühne ab. Er hatte ja gesagt: „Wir beide müssen später auch noch zusammen in den Keller gehen. Aber du musst da nicht runter gehen, das können wir zusammen energetisch machen", Seite 61, und das scheint jetzt zu passieren. Ich sehe mich zuerst auf der Bühne ratlos stehen. Ich weiß nicht, ob ich einen Vortrag halten oder etwas singen oder tanzen soll, Dinge, die ich auch in meinem jetzigen Leben gerne mache und mit einer Bühne assoziiere. Ich brauche etwas Zeit, bis sich der Raum wieder für mich erhellt und ich mich zurechtfinde. Dann sehe ich Männer vor mir auf mehreren Stuhlreihen verteilt sitzen. Insbesondere fällt mir ein übergewichtiger und großer Mann mit einem roten hypertonischen Gesicht und blondem Haar auf. Ich sehe näher auf die gesamte Szene und fühle mich nicht wohl. Arthus gibt mir Trost. Er nimmt mich in seine Arme. Ich versuche weiterhin mit meinen Augen die Männer genauer zu erkennen. Dann sehe ich, dass sie an Ketten angebunden sind. Einer ist mit dem anderen an den Füßen und Beinen angebunden.

Dann erkenne ich schlagartig, dass diese Männer noch an mich gebunden sind, weil sie mir in verschiedenen Leben Schlimmes angetan haben. Ich suche auch nach Männern aus meinem heutigen Leben, die mich auch verletzt haben, ob auch sie dabei sind? Ich suche W. Doch ich sehe ihn nicht. Ich suche sogar Hitler, durch den ich im letzten Leben als Kind erst in Bergen Belsen gefangen und in Birkenau zu Tode kam. Doch ich sehe auch ihn nicht. Auch erkenne ich die anderen nicht. Ist der Mann mit dem hypertonischen Gesicht William dè Paris, der mich 1311 als Begine in Paris auf den Scheiterhaufen brachte? (Nicht nur mein Leben in Versailles, auch dieses habe ich auf einer Reise in Paris bearbeitet!)

Ich bekomme eine Sauciere in die Hand und Oblaten. Ich weiß schnell, was ich zu machen habe. Ich gehe die Reihen ab und bringe den Männern diese Oblaten, um sie von mir zu befreien. Ich tauche die Oblaten immer wieder in die Sauciere ein. Es ist das Gralslicht, mit dem ich die Männer befreien und für ihren Lebensweg neu bestücken kann, und ich bin wieder froh, dass wenigstens unsere westlichen Kirchen, insbesondere die katholische Kirche, mit ihrer Abendmahlzeremonie eine Kopie aus der Gralsburg insoweit übernommen hat, dass sie sich in die Herzen der Menschen einpflanzen konnte und damit nie in Vergessenheit geriet; auch wenn die genaue Herkunft dieser Zeremonie den meisten unbekannt ist.

Ich sehe auf die Ketten und denke, dass ich sie nun zu öffnen habe. Doch Arthus sagt: „Das müssen die Männer selber tun." Sie schaffen es tatsächlich! Mit ihren Gedanken sprengen sie die Ketten von ganz allein auf. Kurze Zeit später verlassen sie nacheinander den Raum, ohne sich noch einmal nach mir umzusehen. Das scheint nicht mehr nötig zu sein. Sie sind frei! Auch ich nehme eine Oblate ein, die ich vorher in die Sauciere eingetaucht habe. Auch ich will von allen Bindungen zu ihnen befreit und für meinen weiteren Lebensweg gut bestückt sein.

Ich frage Arthus, ob er mich nicht auch von den Menschen befreien kann, die mir in diesem Leben Böses angetan haben. Er sagt nichts dazu. Aber er nennt mir den Namen eines Familienangehörigen, der nicht besonders nett zu mir ist, er sagt, dass diese Person mich verraten hat. – Das aus seinem Munde zu hören, obwohl ich es auch selbst so empfinde, macht es nicht leichter für mich.

Ich gehe wieder aus dem Keller heraus und befinde mich erneut in dem romanisch aussehenden Vorraum, von dem aus es in den Keller ging. Eine Tür gibt mir den weiteren Weg vor. Es ist eine sehr kleine Tür, die ich öffnen muss. Ich muss mich bücken, und ich trete in den nächsten Raum ein. In diesem Raum ist es wieder sehr schwer für mich Licht hineinzubringen. Ich verstärke erneut die Energie in meinem dritten Auge. Doch ich werde ausgebremst. Mir wird von meiner mich begleitenden Stimme gesagt, dass ich zurückgehen und mich erst einmal vor dem Raum auf einen Stuhl setzen und warten soll. Warum ich das machen soll, sagt man mir nicht. Ich gehe zurück und warte und warte und versuche meine Reise mindestens fünf bis sechs Abende hintereinander fortzusetzen, bevor es wieder weiter geht.

Ich habe tausendfache Blockaden. Doch dann geht es auch hier wieder weiter.

T., die große Liebe meines jetzigen Lebens, kommt und setzt sich sehr schnell neben mich. Und dann kommen weitere Männer aus meinem jetzigen Leben, die auch für mich wichtig waren. Ich stehe auf, die Sauciere aus dem Keller habe ich noch immer in der Hand. Ich zeichne T. – so wie es Salomon mit dem Gralslicht aus seiner kleinen Sauciere bei mir getan hat – einen Punkt auf seine Stirn, und ich mache das auch mit den anderen, die noch hinzugekommen sind. Ich hoffe, dass ich auf diese Weise alle von mir befreien kann. Arthus hat mir meine Bitte um weitere Befreiung erfüllt. Ich denke an viele, an die ich fast gar nicht mehr gedacht habe: An X, Y und Z. Ich weiß nicht, ob es sich nun wirklich um den letzten Abschied von ihnen gehandelt hat und auch ich nun für immer frei bin?
Ich weiß auch gar nicht so richtig, ob ich das will. Erinnerung tut auch manchmal gut, selbst oder auch erst recht, wenn sie weh tut! Aber Arthus wird schon wissen, was er mit mir macht.

König Arthus' Runde, Jesus und Damian

Sind in diesem Raum, in dem ich mich nun befinde die Wände mit roter Farbe gestrichen?
Ich befinde mich in König Arthus Tafelrundenraum. Es gibt den berühmten runden, bzw. ovalen Tisch, einer Hufeisenform gleich, mit einer Öffnung in der Mitte zum Hineingehen.

Zuerst ist wieder alles nur schwer zu erkennen. Dann sehe ich den Raum heller, die Wände nur noch terrakottafarben angemalt. Arthus steht am Kopf des Tisches, dort wo die Hufeisenform offen ist. Hinter ihm kann ich seinen Thron und einen zweiten Thronsessel links daneben ausmachen. Die Thronsessel werden an beiden Seiten von je einer Säule, auch terrakottenfarben angemalt, begrenzt. Hinter den Thronsesseln und den beiden Säulen gibt es noch einen kleinen Gang, der zur Tür nach außen führt. Ich stehe zuerst rechts neben Arthus. Dann tauschen wir die Plätze.

Arthus setzt sich auf seinen rechten Thronstuhl. Ich nehme Platz links daneben. Er nimmt meine Hand und macht mir Mut. Ich erkenne: Der ovale Tisch hat mit seiner Form den Zweck, dass jeder den anderen gut sehen kann. Das Loch in der Mitte ist dazu da, damit derjenige, der Einspruch oder auch Fürsprache für eine Sache erheben will, dort hineingehen und bei seiner Rede von jedem noch besser gesehen werden kann; aber auch jeden selbst noch besser anschauen und vor allen Dingen auf ihn zugehen kann, wenn es notwendig ist, etwas von ihm zu wissen, sich ihm zu erklären oder ihn von einer Sache zu überzeugen. Dann – erst nach weiteren Sitzungen – kann ich endlich wieder mehr sehen. Ich sehe zuerst Jesus am Arthusrundentisch – von Arthus aus gesehen an der rechten Seite am zweiten Platz des Tisches – sitzen.* Er wird von oben massiv mit einem Strahler beschienen. Neben ihm – auf dem ersten Platz – sitzt zu meiner großen Überraschung Damian (der Sohn des Teufels). Ich weiß es auf Anhieb, denn ich höre wie er mich telepathisch beschimpft, damit ich merke, dass er wirklich der Ausführende des Bösen ist.

* siehe auch die Zeichnung von Seite 150.

Beide, Jesus und er, bilden innerhalb der Arthusrunde, die ja schon in sich selbst eine Einheit darstellt, noch einmal eine besondere Einheit. Sie besprechen miteinander, wie das Gute und das Böse miteinander verbunden werden können, damit es für die Menschen zu einem gerechten Austausch mit der Energie Gottes und damit zu ihrer Evolution kommen kann. Jeder von ihnen entspricht in seiner Stellung einer Seite einer Medaille. Beide gehen mit ihrer Aufgabe ziemlich emotionslos um, lieben aber ihre Arbeit sehr und sind konzentriert bei der Sache.

Wichtig ist mir dazu auch noch Folgendes zu sagen: Wir Menschen müssen auf der Erde so viele Beschimpfungen und eine dermaßen schlecht erzogene Sprache, aber auch kriminelle Handlungen – und das nicht nur in einem Leben – in uns aufnehmen, dass ich auch immer wieder auf meiner Reise durch die Burg diese in mir aufsteigenden Begriffe, aber auch Bilder dazu, loswerden musste. Das war auch schon bei vielen anderen Reisen – also nicht nur in der Gralsburg – so, dass solche Worte in einem aufsteigen, weil an so einem heiligen Platz das Böse gereinigt werden muss, aber insbesondere auch selbst nach Reinigung verlangt; heilige Orte zwingen einfach dazu. Die Gralsburg selbst kann nur einen gereinigten Menschen als Besucher ertragen.

Ich will mehr über die Bruderschaft der Arthusrunde herausfinden – möglichst möchte ich alle zwölf Namen der Brüder herausfinden, sie also alle erkennen –, ich bin aber auch darauf konzentriert erst einmal die Räume der Burg weiter zu durchlaufen. So entscheide ich, die Sache mit der Bruderschaft erst nach Beendigung meiner Reise für dieses Buch weiter zu erforschen.* Wieder kann ich nicht alles auf einmal machen. Vorerst aber stärke ich Arthus erst einmal durch meine Anwesenheit und lege ihm dafür meine rechte Hand auf seine Schulter. Wir sind eine Einheit und aus einer Einheit geboren. Ich wundere mich, ob es nicht auch noch andere Frauen gibt, die Zutritt zu dieser Runde haben. Doch ich kann das nicht fragen, denn alle sind in der Runde viel zu beschäftigt. Ich muss mich zwingen die Arthusrunde zu verlassen. Dieses Mal fällt es mir schwer weiterzugehen. Ich würde so gerne noch bleiben.

* siehe Seite 143, Kapitel „Anhang zur Arthurusrunde".

Bevor ich weiter erzähle, muss ich dem Leser noch erklären, dass ich mich zeitgleich mit diesen Reisen auch mit Damian beschäftigt habe, um mehr über seine „dunkle" Funktion in der Arthusrunde kennen zu lernen. Ich wollte von ihm wissen, was das Böse überhaupt ist, wozu es nötig ist und ob es ihm etwas ausmacht, als verlängerter Arm des Gott des Bösen und Luzifers über jemanden – oder auch ganze Gruppen – ein Verdikt auszusprechen. Dazu hier seine knappe, aber doch ausreichende, Antwort:

„Du musst einfach nur verstehen: Ich bin nicht Hass, sondern Gegenliebe! Ohne meine Gegenliebe wäre eure Evolution auch nicht gewährleistet."

Aarona

Ich habe eine Woche lang pausiert. Die gesehenen geistigen Bilder musste ich erst einmal verarbeiten. Dass Jesus in der Arthusrunde saß, hat mich doch sehr erstaunt und auch über Damians Rolle in der Runde, hatte ich viel nachzudenken. Kamen auch die Apostel aus der Arthusrunde? Sind die Arthuslegende und die Apostelgeschichte eins, nur im Laufe der Geschichte der Menschheit immer wieder verändert und den Gegebenheiten angepasst worden? Hatte es auch die Geschichte des Jesus aus Nazareth, schon vorher gegeben?

Das scheint auch mit der Geschichte um Maria so gewesen zu sein. Es ist bestimmt kein Zufall, dass die Ägypter Isis Jahrtausende vor Christi Geburt genauso verehrten, wie es heute die christlichen Kirchen mit Maria tun und dass auch sie ein Kind – nämlich Horus – jungfräulich zur Welt gebracht haben soll.

In der nächsten Sitzung gehe ich erst einmal zum Sirius und einen seiner Monde, meinem von mir immer geglaubten Heimatplaneten. Es interessiert mich noch immer, wo ich herkomme. Ich sehe meinen Hausplaneten grün und frisch wie eine Marschlandschaft mit einer Farm. Auf den Wiesen blühen viele wilde Blumen. Mir wird gesagt, dass der Planet Aarona heißt, und ich glaube, dass es sich um unsere erste Erde handeln könnte; wie es mir für mein Buch: „Eure erste Erde ist nicht mehr ...", Seite 49f, von der geistigen Welt durchgegeben wurde, auf der heute allerdings nichts mehr blüht.

Als ich damals meinem befreundeten Dipl. Psychologen Günter Fleisch aus Eningen davon erzählte, dass man mir aus der geistigen Welt durchgegeben hatte, dass es bereits eine erste Erde gab, hörte ich von ihm, dass auch der österreichische Mystiker Leopold Engel, schon im 19. Jahrhundert vom Himmel dasselbe gesagt bekommen hatte. Engel channelte den Namen damals „Mallona", der meinem gehörten Namen Aarona sehr nahe kommt. (Es ist nicht immer leicht, Namen ganz genau zu hören und dafür auch die richtigen Buchstaben zu setzen.)

Mir wird auch noch gesagt, dass es auf diesem Planeten tiefe Narben aus der alten Welt gibt.

Wichtig ist auch mein Hinweis von Seite 34 des genannten Buches „Eure erste Erde ist nicht mehr ...", dass man mit dem Wissen, dass es schon einmal eine erste Erde gegeben hat, nun auch die Offenbarung des Johannes, Kapitel 21, anders verstehen kann.* Diesen Hinweis möchte ich meinen Lesern auch für dieses Buch nicht vorenthalten:

* In der Offenbarung des Johannes, Kapitel 21, heißt es: „Und ich sah einen neuen Himmel und eine neue Erde; denn der erste Himmel und die erste Erde sind vergangen, und das Meer ist nicht mehr." Die meisten Menschen halten diese Offenbarung für eine apokalyptische Zukunftsvision, weil sie davon überzeugt sind, dass unsere Erde die erste Erde ist. Doch wenn man die Offenbarung zeitlich anders – nämlich als eine Sichtung aus der Vergangenheit – versteht, dann offenbart sich auch, dass wir uns bereits auf der zweiten Erde befinden müssen. Es freut mich, dass ich mit diesem Buch nicht nur über Arthus und die Gralsburg und den heiligen Gral eine Korrektur für die vielen Legenden setzen darf, sondern, dass ich auch schon mit dem von mir vorher geschrieben Buch: „Eure erste Erde ist nicht mehr..." eine Korrektur unseres Wissens über die Offenbarung des Johannes, vornehmen durfte, sowie davon erzählen durfte, wie Gott der Superdesigner und seine Untergotte die Erde erschufen und mit Leben gestalteten und dass es bereits eine erste Erde gab.

Vom Bürozimmer zur Reinigung

Ich befinde mich nun in einem Nebenraum zum Arthusrundenraum, der eher wie eine quadratische Moschee wirkt. Es gibt in ihm eine Wendeltreppe aus hellem Holz, die sehr breit ist und über eine runde Öffnung hoch zum Himmel hinaufführt. Weit entwickelte Menschen stehen da und warten nacheinander in einer Schlange, bis sie weitergehen dürfen. Ich reihe mich ein. Ich weiß nicht worauf diese Menschen warten; noch worauf ich warten soll. Ich ahne aber, dass ich irgendwann hoch oben in ein Zimmer kommen werde, in dem mir gesagt wird, wie es mit meiner geistigen Entwicklung weitergehen darf.

Ich konnte schon kurz jemanden hinter einer Glastür erkennen – einen großen Engel. Aber mehr auch nicht. Sein Name wurde mir nicht gesagt. So stehe ich also und warte geduldig, bis ich dran bin. An der Glastür hängt ein Schild. Es steht **„Bürozimmer"** darauf geschrieben.

Ich stehe noch eine lange Zeit auf der Treppe. Es geht nur langsam vorwärts. Dann geht's auch für mich weiter. Ich bin endlich oben angelangt. Ich darf durch die Glastür gehen.

Erzengel Ariel

Man gewährt mir Eintritt.
Der große Engel, den ich bis jetzt nur hinter der Glastür verschwommen sehen konnte, steht jetzt vor mir hinter einem Tisch. Es ist Erzengel Ariel, den ich nun nach genauerem Hinsehen erkenne. Sehr diffus neben ihm links und rechts, kann ich jeweils einen weiteren Engel ausmachen. Diese beiden Engel scheinen noch sehr jung zu sein und sich bei ihm in der Ausbildung zu befinden.

Ariel überreicht mir ein Schreiben. Auch jetzt habe ich wieder Schwierigkeiten damit, das Schreiben lesen zu können. Ich will deswegen das Papier auch hier wieder zurückgeben, doch es wird mir von Ariel immer wieder zurückgereicht. Wie eine fast Blinde versuche ich die Buchstaben auf dem Schreiben zu entziffern. Es gelingt mir nicht.

Ich werde von Ariel gefragt, was mir wichtig zu sagen ist. Ich sage: „Das ich euch weiter dienen kann, aber mehr Geld dazu brauche und ein gemütlicheres Leben, weil ich ja nun auch älter werde und dass es mir leid tut mein Leben – mit dem, was ich alles falsch gemacht habe." Ich sage ihm nicht, dass ich denke, dass ich wegen der für uns Frauen schwierig zu lebenden patriarchalen Strukturen so viel falsch gemacht habe. Ich will mir selbst nicht all zu viel verzeihen – ich will kein Mitleid! Dieses Wissen kann meine Schuldgefühle auch nicht mindern, ich hätte ja auch oft anders entscheiden können. Ich weiß, dass er jeden meiner Gedanken lesen kann.
Ariel nickt.

Rechts von mir befindet sich eine Tür. Ich denke, dass ich jetzt für alles büßen soll. Dass es sich um das Purgatorium handelt. Ich habe ein wenig Angst, will aber alles gefasst entgegennehmen. Strafe muss sein!

„Du kannst jetzt weitergehen," sagt Ariel. Er nimmt das Schreiben noch einmal von mir zurück und stempelt es. Jetzt erkenne ich, was darauf steht. Mit diesem Schreiben wird mir Einlass in das nächste Zimmer gewährt, das sich auf derselben Ebene des Himmels befindet. Ich gehe in das Zimmer hinein und stehe in einem kostbaren Badezimmer. Für mich steht eine Badewanne bereit. Frauen laufen zwischen den anderen

Wannen hin und her und halten eine Sauciere in der Hand. Sie reinigen mit ihrem Gralsinhalt diejenigen Frauen, die bereits in ihren Wannen sitzen. Alle altmodisch, aber doch wundervoll wirkenden Sitzwannen, sind kunstvoll angemalt. Eine ist schöner als die andere. Meine Badewanne hat außen einen tiefblauen Anstrich mit Sternen darauf; es ist wieder dasselbe Muster, das die Wolldecke zum Wärmen auf der Terasse hatte, auf der ich mehr vom Himmel und der wahren Astrologie lernen durfte und das Rainier, aber auch Arthus auf ihrem maßgeschneiderten Anzug aufgedruckt trugen.

Zu meiner großen Überraschung ist die Wanne nicht mit Wasser gefüllt. Dafür ist sie bis fast oben hin mit wunderbaren prallen, grünen Weintrauben bestückt. Ich beginne damit, sie zu essen. Mir wird – wieder aus dem Off – erklärt: „Mit Weintrauben kannst du alles heilen", und ich denke an einen ehemaligen griechischen Patienten, der seinen Leberkrebs heilte, indem er nur noch Weintrauben – auch als Beeren getrocknet – gegessen hatte und sonst nichts. Und während ich dieses Buch schreibe, habe ich einen Lymphdrüsenkrebspatienten sehr erfolgreich in Behandlung, der von mir zusätzlich zu anderen Behandlungsarten Weintraubenkern-Extrakt als Nahrungsergänzungsmittel erhält, weil es in hoher Konzentration die Fähigkeit besitzt, mit seinem Eiweiß „JNK" den programmierten Zelltod von kranken Zellen auszulösen (Forscher der Uni Kentucky, USA, wollen mit weiteren Tests diese ersten Ergebnisse bestätigen).

Langsam leert sich die Badewanne. Ich esse alle Weintrauben auf. (Auf der Erde wäre ich schon total übersäuert, jedoch scheint mir die Säure im Himmel nichts auszumachen.) Danach stehe ich auf und werde von den Frauen liebevoll mit einem großen Badelaken abgetrocknet.

Sie legen mir ein neues Gewand an und sagen: Ich soll jetzt mein Büßergewand – mein weißes Kleid, das ich bis jetzt immer getragen habe – ablegen. Ich bekomme mein „Kleid der Himmelskönigin" angezogen. Es ist das Kleid der „Mutter der Welt", das man auch von dem großen russischen Maler Nicholas Rörich gemalt finden kann. Er und seine Frau waren große Seher und hatten sich viel mit der Rolle der Frau in unserer Zukunft beschäftigt. Sie wussten davon, inwieweit der Himmel dafür die „Mutter der Welt" als Obermutter bereits in der geistigen Welt für die jetzige Neue Zeit abgestellt hatte. Ich sehe an mir herunter und kann ausmachen, ich bin jetzt – vergleichsweise mit der Erde – so um die vierzig bis fünfzig Jahre alt und wunderschön und würdevoll und weise. Ich trage eine Tiara auf dem Kopf. Ich gehe durch die nächste Tür und gelange im Himmel auf eine gläserne Treppe. Die soll ich wieder hinuntergehen. Wieder weiß ich nicht, ob ich nun ins Purgatorium muss, ich warte ständig darauf, für im Leben Unterlassenes oder falsch Getanes bestraft zu werden.

Ich gehe auf den nächsten Raum zu und höre Geigenmusik. Die Stimmung ist ganz wundervoll. Ich soll anscheinend festlich empfangen werden. Ich bin endlich wieder die Himmelskönigin, die ich bin. Ich bin zu Hause.

Wieder bei den anderen Königinnen und Königen

Wieder benötige ich zwei bis drei Reisen, dann stehe ich im nächsten Zimmer als die Himmelskönigin: „Die Mutter der Welt", mit kosmischem Namen „Anthea". Ich stehe erneut vor der Menge der anderen fünfunddreißig Könige und Königinnen, die in der Gralsburg leben. Sie erwarten mich bereits und halten Spalier. H., mein erster Freund aus diesem Leben, ist auch wieder dabei. Er hält ein weißes Blatt Papier in der Hand, auf dem geschrieben steht: „Sie war immer ehrlich". Ich weiß nicht so genau, ob ich diese Aussage unterstützen kann, denn die irdischen Gegebenheiten sind nicht so, dass ich immer ehrlich sein konnte. Aber er meint sicher die Zeit mit ihm, damals war ich noch jung und studierte noch. Ich hatte nicht so viele Verpflichtungen und musste auch nicht so viel ausbalancieren wie heute.
Ich gehe noch einmal auf ihn zu.

Alle halten ein DIN A4 großes Papier in der Hand, auf dem sie eine Aussage über ihre Erfahrungen mit mir gemacht haben. – Was auf den anderen Blättern über mich steht, kann ich nicht so schnell lesen, jedoch scheint es durchweg positiv zu sein. Ich aber bin weiterhin kritisch mit mir selbst. H. hält nun ein anderes weißes Blatt in der Hand. Auf dem steht: „Ich habe sie so geliebt, aber ich habe sie trotzdem betrogen." Er schwingt es mit Vehemenz in der Luft hin und her, damit es alle sehen. Er ist sehr reumütig. Tatsächlich ist es so, dass ich es war, die ihn damals verlassen hatte, weil er mit einer anderen Frau zusammen gewesen war. Dann nimmt er mich, um mit mir Walzer zu tanzen, und ich sehe, wie sehr er noch immer darunter leidet, dass ich damals ging. Auch ich mag, bzw. liebe ihn noch immer, denn Liebe vergeht trotz aller Wunden nie. Und ich wundere mich wieder einmal, dass er nicht mehr auf Krücken gehen muss und dass er die Walzerschritte nun völlig problemlos ausführen kann. (Früher hat er sich mit mir einfach auf die Tanzfläche gestellt und versucht mit seinem Oberkörper das Tanzen nachzuahmen. Das hatte ich ihm immer hoch angerechnet, denn er tat das, weil er wusste, wie sehr ich das Tanzen liebte). Er sagt mir auch noch, dass ich unbedingt nach Magdeburg fahren solle.

Noch einmal gehe ich durch das Spalier. Ganz hinten rechts erkenne ich Prinzessin Diana, und ich erkenne, dass ihre Seelenerfahrungen mit den

Gegebenheiten auf der Erde, aber auch mit den Gegebenheiten in der Burg noch sehr jung sind. Sie steht außerhalb der Könige, sieht auf mich, ist aber mehr abwartend und passiv. Sie scheint lernen zu wollen, was passiert, wenn ich empfangen werde, sie hat noch keine Königinnen, sondern genau so wie sie es auf der Erde hatte, eine Prinzessinnenfunktion inne.*

* Es ist eine Woche vor ihrem Tod, der 22. Juli 1997. Ich sehe mir im Fernsehen die Sendung BRISANT an. Diana sitzt im Mailänder Dom neben dem Musiker Elton John. Für ihren getöteten Freund und Designer Gianni Versace soll eine Trauerfeier abgehalten werden. Plötzlich höre ich eine Stimme aus dem Kosmos, sie sagt zu mir: „Als nächstes ist sie dran...". Ich schließe sofort daraus, dass sie vom Kosmos geholt und damit wohl auch getötet werden soll. Doch ich kann das kaum glauben. Sie ist so vivid. Aber da sie auch ein sehr hektisches Leben führt, kann ich mir nach einiger Zeit des Nachdenkens doch durchaus vorstellen, dass sie dieses Leben nicht lange aushält. Aber der fahle Geschmack, dass sie geholt werden und ihr Leben jäh beendet werden soll, lässt mich nicht los. Als dann nur neun Tage später, am 31. August 1997 im Radio die Nachricht kommt, dass sie in den frühen Morgenstunden nach einem Unfall in dem Pariser Tunnel, der unter dem Place de l'Alma liegt, im Krankenhaus verstorben war, bin ich trotzdem schockiert gewesen. Hätte ich sie als Seherin warnen können? Oder mein Gesehenes einer Zeitung zuspielen sollen? (Jeder der mich kennt, weiß, dass ich mit meinen Sichtungen für andere haushalte und sie eher für mich behalte; es sei denn, jemand kommt zu einer schamanischen Sitzung zu mir, auf der man Gesehenes und Gehörtes ja sagen muss). Hätte man mir geglaubt?
Ich bin auch der Meinung, dass es an Dianas Seelenreifestatus gelegen hat, dass man ihr so viel Zuneigung entgegengebracht hat. Wäre sie eine viel ältere Seele mit mehr Erfahrungen mit den Bedingungen auf der Erde gewesen, dann hätte man sie nicht so geliebt, ihr mehr geneidet. Es war ihre Unschuld auf die Menschen zuzugehen, die die Menschen mochten, weil sie ihnen damit eine wunderbare Projektionsfläche für ihr eigenes Leben bot. Diese Unschuld hätte sie als alte weise Seele nicht mehr auf die Erde mitbringen können. Ihren Auftrag auf der Erde – der auch eine Modernisierung des Königshauses mit sich brachte – hatte sich damit erfüllt.

Auf meinem Thron

Ich komme in das nächste Zimmer. Dort werde ich auf einen Thron geführt, auf den ich mich setzen soll. Ich sitze auf meinem Thron und werde noch einmal gekrönt. Meine Krönung hat zwar schon vor Jahrtausenden stattgefunden, diese Krönung soll aber eine Wiederholung sein, damit ich meinen Status in der Burg wiedererkenne, wird mir – wieder aus dem Off – erklärt. Ich bekomme ein Zepter in die Hand und es wird mir ein wollweißfarbener Königinnenmantel umgehängt, der mit vielfältigen, weisen Symbolen bestickt ist. Dann halte ich, zu meiner großen Überraschung, wieder mein „Buch des Lebens" aus der Bibliothek in der Hand.

Danach gehe ich noch einmal würdevoll durch ein Spalier von Rittern und KöniginInnen, die mir auch hier ihre Ehre erweisen. Das dauert auch wieder ein wenig, denn ich schaue mich immer wieder nach H. um. Es scheint noch nicht alles zwischen uns erledigt zu sein. Er versucht in meine Nähe zu kommen, und ich bekomme von ihm noch ein paar Sachen erklärt:

Dass er sich mein Leben nach seinem Tod auf einer dafür bestimmten Leinwand angesehen hat; wie ich immer wieder versucht habe, die Scherben meines Lebens so gut wie möglich zusammenzusuchen. „Ein einziges Flickwerk war dein ganzes Leben", sagte er, und ich merke, dass er Schuldgefühle deswegen hat, weil er mich damals zu oft allein gelassen hatte. Er hatte den Wert unserer Beziehung zu spät begriffen und auch nicht gesehen, dass ich für mein junges Alter zu oft allein war, weil ich schon so früh Vater und Mutter verloren hatte. Ich frage ihn, ob er seine Frau geliebt hat. Er antwortet darauf: „Ich habe sie mit Geld gekauft, das Haus wurde von meinen Eltern bezahlt." Aber die Kinder hatte er sehr geliebt und sich auch immer um sie gekümmert und so tat es auch seine Frau. Einer unserer wunden Punkte war, dass er sich – und mir steht es natürlich nicht an, über ihn zu richten, weil er durch seine Krankheit auch geschwächt war – seinen Eltern stark untergeordnet hatte, die nicht wollten, dass eine Nicht-Katholikin ihn heiratet; die im O-Ton sagten, dass eine Nichtkatholikin keinen behinderten Menschen heiraten kann, dass nur eine Katholikin die Ausdauer hat, sich ein Leben lang um so einen Menschen zu kümmern.

Dass ich mit meiner Zeit mit ihm noch einmal so konfrontiert werde, versuche ich abzuschütteln. Ich fühle mich nicht gut damit. Ich mache es genau so, wie ich meine Gefühle und Gedanken nach unserer Trennung auch immer abgeschüttelt hatte, wenn sie mich wieder einmal zu übermannen drohten.

Meine Salbung

Ich werde auch hier weiter aus dem Off begleitet.

Ich komme in eine Kirche und werde nun gesalbt.*
Ich höre: „Das ist, weil du die Begebenheiten auch schon auf der ersten Erde durchlaufen hast und einigermaßen heilig bliebst!" Man ist mit mir wieder sehr viel großzügiger als ich es mit mir selbst bin. Ein Bischof tauft und salbt mich. Wir sind dabei allein.

Nach mehreren weiteren Religiositzungen kann ich mich dann endlich von der Salbungsszene lösen, die immer wieder vor mir aufsteigt. Ich denke, dass ich weiter in das nächste Zimmer gehen sollte.

Meine Reise geht erst einmal nicht weiter.
In den nächsten Tagen bin ich noch immer sehr mit H. beschäftigt. Auf seine Anweisung hin, er besucht mich dafür mehrere Abende, fahre ich nun endlich nach Magdeburg, um mich dort mit unserer gemeinsamen Vergangenheit auseinanderzusetzen.**

Ich gehe weiter und komme in einen wunderbaren, arabisch anmutenden Garten (mit Kolibris, mit Papageien, mit wunderbaren Blumen und einem Brunnen bestückt). Der Garten sieht wie ein Teil der Gärten der Alhambra aus, die im 13. Jahrhundert errichtet wurden.*** „Ich soll jetzt ausruhen", sagt die Stimme zu mir und dass ich dafür wieder eine längere Zeit in Anspruch nehmen sollte. Ich nehme diesen Ratschlag gerne an und pausiere für mehr als eine Woche mit meinen Rückbindungsversuchen.

Der Teil des Gartens, in dem ich mich ausruhe, ist nicht sehr groß. Die Kolibris und Papageien vertreiben meine Zeit. Ich sitze viel am Brunnen auf dem Lilien schwimmen, und ich unternehme leichte Spaziergänge. Ich habe Zeit zum Träumen. Ich bin in mir.

* Meine Recherchen ergaben, dass in unserer Zivilisation die Salbung vor der Krönung oder direkt mit ihr zusammen erfolgt. In der Gralsburg scheint das jedoch andersherum üblich zu sein.

** Genau zu dieser Zeit wurde Editha, gestorben 946, die Frau von Otto I., im Magdeburger Dom erneut zur Ruhe gelegt, nachdem man vielfältige Untersuchungen mit den Resten ihres mutmaßlichen Körpers vorgenommen hatte, die in dem Sarkophag gefunden wurden, den man bis dahin für einen Kenotaph – ein Scheingrab – gehalten hatte. Man hatte u.a. herausgefunden, dass diejenige, zu der die restlichen Gebeine gehörten – alle konnten nicht mehr gefunden werden, das Grab wurde in den letzten 1000 Jahren schon mehrfach umgebettet –, das Wasser aus der Gegend von Winchester/Grafschaft Wessex getrunken hatte. Editha (auch Edgith oder Edgitha) war eine englische Prinzessin gewesen. Ihr Vater war König Edward der Ältere gewesen (871–924), ihre Mutter seine Frau Aelflaeda. Editha hatte dreizehn Geschwister aus drei Ehen ihres Vaters. Leider hatte ich den genauen Zeitpunkt ihrer erneuten Beisetzung um etwa acht Tage verpasst. Ich habe in Magdeburg viele Bilder aus dieser Zeit gesehen und neue Zusammenhänge verknüpfen können. (Und wie gesagt, es steht ja noch ein Buch über meine Reinkarnationsreisen an, darum habe ich auf eine genauere Beschreibung meines Lebens in Magdeburg mit H. für dieses Buch verzichtet. Ich bitte darum, mir diese ganz bewusste Auslassung zu verzeihen).

Wer mehr über Otto und Editha erfahren möchte, dem empfehle ich – außer im Internet zu forschen – das Buch: "Eine Liebe über tausend Jahre – Editha Die starke Frau an Ottos Seite" von Caroline Vongries, Quadrat **Art** Verlag.

*** aus: >http://www.alhambra–granada–.deAlhambra<
Die wundervollen Alhambra Gärten - Placio de Generalife
„Paradies auf Erden" – dies wollten die ehemaligen Sultane mit dem Erbau der Alhambra Gärten schaffen. Die Gärten der Alhambra wurden nach den Beschreibungen des im Koran beschriebenen Paradieses erbaut. Mit einer großen Vielfalt an Blumen, einzigartigen Grünanlagen, gemütlichen Pavillons und dem historischen Generalife Palast ist ihnen ohne Zweifel ein Paradies auf Erden gelungen..."

Die Himmelstreppe

In der nächsten Sitzung eröffnet sich mir vom Garten aus wieder eine Himmelstreppe nach oben. Fast so wie die Treppe zu Ariel. Dort gibt es am Ende auch wieder eine Tür. Aber ein Schild an der Tür gibt es dieses Mal nicht.

Ich klopfe an. Ein Mann sagt herein und nennt mich bei meinem heutigen ersten Namen „Ingeborg", den ich kaum noch benutze und nicht mehr so besonders gerne mag, weil er altmodisch klingt, obwohl ich ja weiß, dass er „die beschützende Burg" heißt. Ich sage: „Aber ich heiße Anthea." Der Mann antwortet: „Das ist egal. Es gelten hier alle Namen, die du einmal getragen hast, und du weißt sie alle und sie alle hatten eine Bedeutung."

Er berät mich zum meinem jetzigen Leben. Er hat graue Haare, ist mittelgroß und trägt die Haare nach hinten gekämmt, er sieht chinesisch aus. Es ist „Djwal Khul" geht durch meinen Kopf. Ist es wirklich der große chinesische Meister? Ganz sicher bin ich mir da noch nicht.* Er sagt, dass ich mir wegen meines Geldmangels auf der Erde nicht solche Sorgen machen soll. Es würde mir schon zugestellt. Ich soll ja noch das, was von oben nach unten getragen werden soll auf die Erde bringen können. „So wie das diejenigen Menschen auch immer machen mussten und getan haben, die mit einer kosmischen Aufgabe versehen wurden." Trotz seiner tröstenden Worte, muss ich im selben Moment daran denken, dass Mozart ziemlich jung und arm gestorben ist und auf einem Armenfriedhof beerdigt wurde. Ich schäme mich für meine Gedanken und dass ich so wenig Vertrauen habe. Doch Djwal Khul nimmt mir das nicht übel.

Mir wird eine blaue Taube zugestellt, die mich nun auf meinem weiteren Rückweg zum Ausgang der Burg begleiten soll. Sie kennt sich aus, und ich weiß, es sind jetzt nur noch einige wenige Zimmer zu betreten. Ich bedanke mich und verlasse den Lehrer, dessen Namen ich mir immer noch nicht ganz sicher bin.
Er sagt, dass ich seinen Namen schon noch herausfinden werde. Ich suche in mir, ob ich mich nicht doch an mehr mit ihm erinnern kann. Doch meine Gedanken dazu bleiben ziemlich diffus.

Stimmte Djwal Khul? Ich steige die Treppe wieder hinunter, die nur durch Luft zu führen scheint und gehe in den Garten zurück. Dort setze ich mich noch eine Weile hin und verarbeite das eben Gesehene. Die Taube bleibt bei mir und ist zufrieden. Sie pickt die herumliegenden Körner auf....

* In meiner irdischen Wirklichkeit, nehme ich mir danach sofort das Buch „Reflexionen Die Meister erinnern sich", gechannelt von Edwin Courtenay, Edition Sternenprinz, Hans-Nietsch-Verlag, aus meinem Bücherregal. In diesem Buch gibt es Zeichnungen mehrerer Meister zu sehen. Auf Seite 110 bestätigt sich: Ja, es war Djwal Khul.

Meine von mir bereits geschriebenen Bücher

Meine Taube und ich, wir beide entscheiden weiterzugehen. Ich bin genug ausgeruht und bereit für den Rest meiner Reise. Die Taube fliegt zur nächsten Tür voraus.

Ich betrete den sich von allein öffnenden Raum. Es handelt sich wieder um eine Bibliothek. Der Raum ist ringsherum mit dunklen Regalen, die von Glastüren geschützt werden, bestückt. Die Regale lassen kaum noch Platz für ein neues Buch. Auf einem Tisch steht ein Schatzkästchen und es gibt einen Schlüssel in seiner kleinen Schublade. Den nehme ich heraus und gehe gezielt zu einem Bücherschrank auf der rechten Seite des Raumes. Ich öffne die Glastür und alle seine Bücher fallen mir entgegen. Mir wird – wieder von der Stimme aus dem Off – erklärt, dass ich alle diese Bücher während verschiedener Leben auf der Erde geschrieben habe und dass diese Bücher hier in der Burg gespeichert sind und darum auch nicht für die Menschheit in Vergessenheit geraten können, wie auf der Erde, wo Bücher immer schneller vergehen; dass ich also kein Buch umsonst geschrieben habe; und zwar auch dann nicht, wenn es nur wenig gelesen wurde und wird. Ich wundere mich, dass es bereits so viele Bücher von mir gibt: Bücher über die Kachelmalerei in Uzbekistan (ich war dort einmal ein Kachelmaler), über die Malerei an ägyptischen Wänden, über die Musen in Griechenland ... Alles sehr sehr alte Bände, alle mit goldenen Lettern versehen.

Ich hatte schon oft darüber nachgedacht, wie schnell etwas Geschriebenes auf der Erde vergeht und es tröstet mich nun, dass meine Arbeit nicht für Unnütz war, denn hier in der Gralsburg sind die Menschen heilig genug, um meine Werke zu speichern und sie auch zu verstehen. Auf der Erde aber kann mein Wissen von der Seelenreife her nur von wenigen Menschen angenommen werden – weshalb ich auch hoffe, dass mein Verlag „LILA Das göttliche Spiel" hier nicht so schnell im Winde verweht und auch meinen körperlichen Tod noch eine Weile überdauert. Trotzdem freue ich mich natürlich, und ich bin auch ein wenig stolz. Und was mich auch freut, ist, dass nicht nur alles Kreative von oben nach unten geleitet wird, sondern auch immer von unten nach oben, wenn es für Wert befunden wird, im geistigen Bereich Bestand zu haben. Ist es nicht auch schön zu wissen, dass damit auch Mozarts und

Bachs Musikstücke oder Rilkes Gedichte in der geistigen Welt weiterhin gespielt oder rezitiert werden können und dass ihre Werke dort auch für immer verbleiben – und dass wahrscheinlich auch die guten Filme in der geistigen Welt weiter angesehen werden können? (Die „Stadt der Engel" würde ich mir dann sicher gerne noch einmal vorspielen lassen.)

Diese Erfahrung sollten wir auch bei allem beherzigen, was wir nicht heilig auf der Erde unternehmen; wie wirken sich dann Tiertötungen, Waldrodungen, Artensterben u.v.a.m. in der geistigen Welt aus?

Genau so wie die Bücher mir von allein aus den Regalen entgegenfielen – das war ein wunderbarer Trick, um meine Aufmerksamkeit auf sie gelenkt zu bekommen – stellen sie sich wieder von allein in den Schrank zurück. Ich schließe den Schrank ab und gebe den Schlüssel ins Schatzkästchen zurück.

Die Taube pickt weiter ruhig ihre Körner, und ich warte erneut eine Weile. Arthus kommt kurz vorbei und nennt mich: „Mein Blümchen", und er sagt, dass er mich immer so genannt hat. (Anthea heißt auf griechisch „die Blühende".)

Es ist, als wenn er mir das eben auch noch einmal sagen und mir damit eine Freude machen wollte. Dann ist er wieder weg.

„"Große Mutter", flüsterte sie, "vergib mir..."
...Morgaine kniete lange Zeit schweigend und mit gesenktem Kopf. Aber dann blickte sie wie unter einem Zwang auf. Sie sah ein Licht auf dem Altar, wie sie es in der alten Kirche in Avalon gesehen hatte ... das sie gesehen hatte, als sie es in Artus' Halle in ihren Händen trug... das Licht strahlte auf dem Altar und in den Händen der Herrin... und sie sah den Schatten, nur den Schatten eines Kelchs... *Er steht in Avalon. Aber er ist auch hier. Er ist überall. Und alle, die in dieser Welt ein Zeichen suchen, werden ihn immer finden...*"

Aus die Nebel von Avalon von Marion Zimmer Bradley, Fischer Taschenbuch Verlag, Seite 1115.

Der Raum der Musen und der kleine Gral

Ich warte. Dann öffnet sich die nächste Tür. Mir wird ein großer Raum freigegeben, so hoch wie eine Kathedrale; aus hellem Sandstein und reichlich mit Fries verziert. Es gibt auch sehr viel helles Gold, das ich so liebe. Die Kuppel des Raumes sieht aus wie die Kuppel vom Petersdom. Sie ist von innen mit Fresken bemalt. Sind Michelangelos Fresken in der Sixtinischen Kapelle eine Blaupause aus der Gralsburg? Wie doch so vieles vom ätherischen Bereich auf der Erde zur verstofflichten Kopie wurde? Und sind diese Fresken hier in der Gralsburg wiederum eine Blaupause aus der noch höheren, für uns nicht mehr sichtbaren, geistigen Welt? So ist es wohl.

„Dies ist der Raum der Musen", wird mir wieder von der mir bekannten Stimme aus dem Off erklärt. Ich soll noch einmal – weil es von großer Bedeutung für die Menschheit ist – davon wissen und erkennen, dass alle Kultur, alle Kunst von Gott geschickt ist, dass ohne diese Schickung der Mensch ein Barbar wäre. In einer kleinen Nische sehe ich auf meiner Augenhöhe, eingerahmt von einem Fries, erneut eine Gralssauciere stehen. Ich höre: „Mit dieser Kanne wird man mit der spezifischen Muse überschüttet, bevor man auf die Erde kommt, um seine persönliche Aufgabe erfüllen zu können. Dies geschieht auch in besonderer Weise – mit einer besonderen Saucierenfüllung – mit den Engeln (Mozart, Rilke waren solche Engel!), damit sie auch ihre übergeordnete Rolle ausführen können und sich darüber bewusst sind, dass sie sie zu erfüllen haben. Das ist wichtig, damit sie auch die Schwierigkeiten auf der Erde, die sich mit ihrer Aufgabe ergeben, meistern können und diese nie aufgeben!"

Mir wird nun das Wissen über den Gral freigegeben, das ich in diesem Buch schon immer mal wieder zum besseren Verständnis für meine Leser erzählt habe; dass es, wie es den riesengroßen Gral – die große Lichtdusche – gibt, um energetisch alles im Universum am Laufen zu halten, aber auch zu erneuern*, es auch für Menschengruppen und einzelne Menschen entweder eine kleinere Lichtdusche oder eine kleine

---

* *Die Mayas sprachen von galaktischen Einstrahlungen, die dazu bestimmt sind, neue Erdbewusstseinszyklen einzuleiten – aber auch Astrophysiker sprechen heute von „Dichte-Wellen", die durch das Universum jagen und uns beeinflussen.*

Sauciere mit der persönlichen Bestückung für ihre persönliche Lebensaufgabe geben muss, und dass insbesondere darauf geachtet werden muss, wieviel in den Lichtduschen oder der Sauciere an Energie ist, damit diejenigen, die die Empfänger dieser Energie sein sollen, diese auch aushalten können, und dass auch diese Energie immer wieder gehalten oder auch erneuert und erweitert werden muss. Letztgenanntes ist insbesondere dann vonnöten, wenn die Evolution noch weiter angefacht werden soll, was gerade jetzt in unserer eben begonnenen Neuen Zeit durch die rasanten Erfindungen der Technik wieder geschieht.
Auch jetzt werde ich noch immer von meiner Taube begleitet. Sie fliegt herum und ist zufrieden, dass ich die Funktion des Grals in seinen verschiedensten Ausführungen nun völlig begriffen habe.
Darum hier noch einmal die einzelnen Gralsformen:

Großer Gral als Lichtdusche fürs Universum (über die Sonnensysteme zu den einzelnen Planeten und Sternen hin), wobei seine Energie – je weiter er sich von seinem Ursprung entfernt – immer kleiner wird und auch werden muss, damit sie für den jeweiligen Empfänger erträglich ist und damit adaptiert werden kann.
Mittelgroßer Gral als Lichtdusche für Gruppen und Einzelne, die die Menge einer mittelgroßen Lichtdusche bereits ertragen können.
Kleiner Gral als Sauciere zur persönlichen Bestückung für die jeweilige Lebensaufgabe.
Der Kelch als Gralsgefäß hat eine etwas andere Bedeutung. Er wird nur zur Hilfe für das momentane Leben mittels Segnung (wie bei uns zum Abendmahl) benutzt; indem man eine Oblate in seinen Gralslichtinhalt eintaucht oder in ihn hineindippt und den- oder diejenige damit segnet, der/ die es benötigt. Wenn der Empfänger etwas mehr zur Bestückung seiner Lebensaufgabe braucht, kann der Inhalt einer Sauciere zusätzlich benutzt werden.

Zusammengefasst kann noch einmal gesagt werden: Der Gral ist „Der heilige Geist Gottes und unser Feuer des Lebens", ohne den wir nicht existieren können und unsere Weiterentwicklung niemals gewährleistet wäre. Gäbe es keinen Gral mehr, würde alles verdorren. (In meinem Buch „Eure Erde ist nicht mehr...", war davon die Rede, dass Gott und die Gotte entschieden, den Menschen die erste Erde wegen der von ihnen vorgenommenen Ausbeutung wegzunehmen. Allein die Wegnahme des Großen Grales, kann es möglich machen, unsere Erde zu einem ausgedörrten Planeten werden zu lassen.)

„Und nun kommst du zu deiner persönlichen Lichtdusche!", sagt die Stimme weiter.
Ich wundere mich, ob es jetzt schon zum letzten Zimmer geht. Doch vorher setze ich mich erst einmal wieder hin und ruhe erneut aus – ich will mir Zeit nehmen, um wieder alles verarbeiten zu können. Ich will die Sache mit dem Gral ganz tief in mir verstehen, bevor es weitergeht.

Im letzten Raum

Ich gehe durch eine kleine Tür in einen fast mittelalterlichen Gang, indem ich nur geduckt stehen und gehen kann, weil der Raum nicht sehr hoch ist. Diesen Gang soll ich nur durchqueren. Ich sehe vor mir eine Tür, von der ich annehme, dass sie nun in den letzten Raum führt. Sie ist verschlossen. Ich frage meine mich noch immer begleitende Taube, ob sie die Tür für mich öffnen kann. Da kommt von rechts eine Rabin und hat schon einen Schlüssel im Schnabel. Den darf ich nehmen und die Tür damit aufschließen. Ich gehe in den Raum hinein und weiß: dies ist nun der letzte Raum. Ich weiß intuitiv, dass ich danach wieder in den viereckigen Raum komme, vom dem aus ich meine Reise durch die Burg begonnen habe.

Wieder befinde ich mich in einem kathedralähnlichen Raum. Ich gehe an den Altar und knickse. Die Taube fliegt herum; freudig und aufgeregt zugleich.

Ich frage sie, was ich jetzt machen soll? Mir wird von ihr bedeutet, dass ich mich zur linken Seite des Altars begeben soll. Ich stelle mich links auf und sehe über mir eine Öffnung zum Himmel – kreisrund, aber auch mit kleinen Zacken am Rande versehen. Dann kommt eine Lichtdusche auf mich herab. Ich erkenne, dass das ein ganz wunderbares Geschenk für mich sein soll. Während es aus der Lichtdusche auf mich herabregnet, muss ich an Goldmarie und Pechmarie und das Märchen von Frau Holle denken – dazu mehr auf der übernächsten Seite –, und ich frage mich wieder einmal, ob nicht auch Pech für mich für manches Fehlverhalten auf der Erde angebracht wäre? Doch man verneint. Wieder ist man mit mir viel großzügiger für meine Vergehen auf der Erde als ich. Man weiß, dass die Erdbegebenheiten nicht gerade einfach sind und dass manche Entscheidungen, die man in der Stofflichkeit getroffen hat, nicht immer richtig getroffen werden konnten. In der geistigen Welt ist es einfacher, solche Entscheidungen zu treffen und manche Entscheidungen hat man auch gar nicht. Das ist sehr tröstlich für mich. Ich bekomme keine Antwort darauf, ob es über der rechten Seite des Altars eine Lichtdusche mit „Pech" gibt.

Ich frage, ob ich mein Kleid anbehalten darf, wenn ich die Gralsburg verlasse? Mein Kleid der „Mutter der Welt", das auch auf meinem Buch „www.muetter–und–vaeter–der–welt–de ein Aufruf!" zu finden ist und von dem großen Maler und Seher Nicholas Rörich, wie schon erwähnt, nicht ohne Grund, gemalt wurde. Ich darf.

Die Taube ist noch immer bei mir. Ich nehme mit ihr die nächste Tür, und ich befinde mich wieder im ersten Raum der Gralsburg, in dem selben viereckigen Raum, den ich zu Anfang meiner Reise betreten hatte. Meine Intuition hatte mich nicht getrogen.

Die Taube mischt sich mit Freude unter die anderen Tauben. Ich weiß, ich bin an ihrer jetzigen Freude beteiligt, denn ich habe alles gut gemacht.

Wie zum Anfang meiner Reise, gehe ich noch einmal auf die kleine Truhe mit der Schublade zu, die wie auf einem Altar aufgebaut auf einem Tisch steht und sinniere über ihren Inhalt nach. Noch immer wage ich es nicht, in sie hineinzuschauen.*

Ich sehe mir den Raum noch einmal an und lasse mir dafür Zeit.
Dann verlasse ich die Burg nach draußen. Die Ritter mit den Speeren haben mich schon erwartet. Sie lassen mich vorbei. Ich gehe die Treppe ein paar Stufen nach unten in den Himmel hinein – ich habe noch immer mein „Mutter der Welt" - Kleid an.

Ich bin allein auf der Treppe und empfinde das Licht des Himmels als eine Wohltat und entspanne, indem ich meine beiden Arme nach oben ausstrecke. Ich bin glücklich. Ich habe meinen Weg geschafft und meine Erfahrungen machen dürfen. Plötzlich sehe ich Engel – junge Engel mit Flügeln – an der Treppenseite Spalier für mich stehend. Sie haben Kerzen in ihren Händen. Sie geleiten feierlich meinen Abschied und singen dabei, wie eben nur Engel singen können. Es geht ein Jubel durch sie und mich hindurch.

In der nächsten Sitzung − nach dem Abschied von der Gralsburg − befrage ich Arthus zu dem Inhalt der kleinen Truhe auf dem Altar. Er erklärt mir dazu :
„Das was du gesehen hast war unser Schatzkästlein. Es beinhaltet kein Wissen über die Neue Welt. Es ist auch nicht die Bundeslade. Es beinhaltet ein Schriftstück welches besagt, dass derjenige, der zu uns kommt, weise ist."

Frau Holle und ihre Lichtdusche

Der heilige Gral in der Gralsburg mit König Arthus und seiner Tafelrunde war vom Anfang der Erde als Übermittlung von Gottes Energie von der geistigen Welt auf die Erde dagewesen und konnte darum auch als Blaupause in unserem kollektiven Bewusstsein nie in Vergessenheit geraten. Die Legenden, die darum gewoben wurden, unterlagen über die Entwicklungszeiten des Menschen hinweg allerdings immer wieder vielen Veränderungen, weil der Mensch von einer Kultur in die andere ging, die religiös und soziologisch immer wieder anders gefärbt war. Darum ist es auch nicht verwunderlich, dass Jesus ein Abendmahl abhielt, das der König Arthusrunde ähnelt und es alte Burgen gab, in denen der Arthusrunde nachgeeifert wurde und auch das Märchen von Frau Holle die Lichtdusche erwähnt. Hier nun das Märchen von „Frau Holle", von Seite 122, aus „Die Kinder- und Hausmärchen der Brüder Grimm", Emil Vollmer Verlag, Wiesbaden, das durch meine Sichtungen eine neue Interpretation erfahren darf:

„Eine Witwe hatte zwei Töchter, davon war die eine schön und fleißig, die andere häßlich und faul. Sie hatte aber die häßliche und faule viel lieber, und die andere musste alle Arbeit thun und war recht der Aschenputtel im Haus. Einmal war das Mädchen hingegangen Wasser zu holen, und wie es sich bückte den Eimer aus dem Brunnen zu ziehen, bückte es sich zu tief und fiel hinein. Und als es erwachte und wieder zu sich selber kam, war es auf einer schönen Wiese, da schien die Sonne und waren viel tausend Blumen. Auf der Wiese ging es fort und kam zu einem Backofen, der war voller Brot; das Brot aber rief: „ach zieh mich 'raus, zieh mich mich 'raus, sonst verbrenn' ich, ich bin schon längst ausgebacken!" da trat es fleißig herzu und holte alles heraus. Darnach ging es weiter und kam zu einem Baum, der hing voller Aepfel und rief ihm zu: „ach! schüttel mich! schüttel mich! Wir Aepfel sind miteinander reif!" Da schüttelt' es den Baum, daß die Aepfel fielen, als regneten sie, solang bis keiner mehr oben war, darnach ging es wieder fort. Endlich kam es zu einem kleinen Haus, daraus guckte eine alte Frau, weil sie aber so große Zähne hatte, ward ihm Angst und es wollte fortlaufen. Die alte Frau aber rief ihm nach: „fürcht dich nicht, liebes Kind, bleib bei mir, wenn du alle Arbeit im Haus ordentlich thun willst, so soll dirs gut gehen: nur mußt du recht darauf Acht geben daß du mein Bett gut machst, und fleißig aufschüttelst, daß die Federn fliegen, dann schneit es in der Welt; ich bin die Frau Holle": Weil die Alte so gut sprach, willigte das Mädchen ein und begab sich in ihren Dienst. Es besorgte auch alles nach ihrer Zufriedenheit und schüttelte ihr das Bett immer gewaltig auf, dafür hatte es auch ein gut Leben bei ihr, kein böses Wort und alle Tage Gesottenes und Gebratenes.
Nun war es eine Zeitlang bei der Frau Holle, da ward es traurig in seinem Herzen und ob es hier gleich viel tausendmal besser war, als zu Haus, so hatte es doch ein Verlangen dahin; endlich sagte es zu ihr: „ich habe den Jammer nach Haus kriegt, und wenn es mir auch noch so gut hier geht, so kann ich doch nicht länger bleiben." Die Frau Holle sagte:

„du hast Recht und weil du mir so treu gedient hast, so will ich dich selbst wieder hinaufbringen." Sie nahm es darauf bei der Hand und führte es vor ein großes Thor. Das ward aufgethan und wie das Mädchen darunter stand, fiel ein gewaltiger Goldregen, und alles Gold blieb an ihm hängen, so daß es über und über davon bedeckt war. „Das sollst du haben, weil du so fleißig gewesen bist", sprach die Frau Holle. Darauf ward das Thor verschlossen und es war oben auf der Welt, da ging es heim zu seiner Mutter und weil es so mit Gold bedeckt ankam, ward es gut aufgenommen.

Als die Mutter hörte, wie es zu dem Reichtum gekommen, wollte sie der andern häßlichen und faulen Tochter gern dasselbe Glück verschaffen, und sie mußte sich auch in den Brunnen stürzen. Sie erwachte, wie die andere auf der schönen Wiese und ging auf demselben Pfad weiter. Als sie zu dem Backofen gelangte, schrie das Brot wieder: „ach! Zieh mich 'raus, zieh mich 'raus, sonst verbrenn ich, ich bin schon längst ausgebacken!" die Faule aber antwortete: „da hätt' ich Lust, mich schmutzig zu machen!" und ging fort. Bald kam sie zu dem Apfelbaum, der rief: „ach! Schüttel mich, schüttel mich! Wir Aepfel sind alle mit einander reif!"; sie antwortete aber: „du kommst mir recht, es könnt mir einer auf den Kopf fallen!" ging damit weiter. Als sie vor der Frau Holle Haus kam, fürchtete sie sich nicht, weil sie von den großen Zähnen schon gehört hatte, und verdingte sich gleich zu ihr. Am ersten Tag that sie sich Gewalt an und war fleißig und folgte der Frau Holle, wenn sie ihr etwas sagte, denn sie gedachte an das viele Gold, das sie ihr schenken würde; am zweiten Tag aber fing sie schon an zu faulenzen, am dritten noch mehr, da wollte sie Morgens gar nicht aufstehen, sie machte auch der Frau Holle das Bett schlecht und schüttelte es nicht recht, daß die Federn aufflogen.

Das ward Frau Holle bald müd und sagte der Faulen den Dienst auf. Die war es wohl zufrieden und meinte nun werde der Goldregen kommen, die Frau Holle führte sie auch hin zu dem Thor, als sie aber darunter stand, ward statt des Gold ein großer Kessel voll Pech ausgeschüttet. „Das ist zur Belohnung deiner Dienste", sagte die Frau Holle und schloß das Thor zu. Da kam die Faule heim, ganz mit Pech bedeckt, und das hat ihr Lebtag nicht wieder abgehen wollen."

Wenn ich nun im nächsten Kapitel zur Is-Burg komme, dann wird noch mehr verständlich, dass auch dieses Märchen – wie die Legende von König Arthus auch – eine Geschichte aus der geistigen Welt ist, denn hier geht es nicht nur um das Wirken des heiligen Grals als Lichtdusche, sondern auch um die Königin der Is(Eis)-Burg, die Is–Holde oder auch Is-Holda, heißt. (Der Name Frau Holle blieb davon in unserem Kulturraum für sie zurück). Und wenn es heißt: *Es schneit*, wenn Frau Holle in anderen Erzählversionen ihre Betten aufschüttelt, dann kommt damit auch immer das Restwissen über sie, die in der Is-Burg aus Schnee und Eis lebt, zum Ausdruck.

Skizze von der Is–Burg, © die Autorin und Almut Starke:

Die zweite Burg, die Is-Burg

Die höhere Lichtburg (die Mesoburg)

Begegnung mit Is-Holde (auch Is-Holda genannt)

Ob ich es noch höher schaffe? Was gibt es über der Gralsburg zu sehen?

Zu meiner Überraschung: Es war ganz leicht nach oben zu kommen.

Damian – vor dem ich in der Arthusrunde großen Respekt und auch ein wenig Furcht gehabt hatte –, hatte mir dafür galant seinen Arm angeboten. Er hatte es mir vorher versprochen, mich weiter nach oben zu geleiten. Zwischen uns steht nichts mehr. Ich nehme ihn wie ich Jesus nehme, denn ich habe erkannt, dass Jesus und er zusammengehören; Jesus als die Liebe Gottes in der Ausführung der Urliebe Gottes, Damians Gegenliebe aus demselben Ursprung und mit derselben Ausführungsidee. Und immer ist bei beiden *unser Wachstum das Ziel!*

Bevor es mit meiner Reise in der Is-Burg weitergeht, erzählt er mir noch ein wenig mehr über sich; von seiner Entstehungsgeschichte:

„Gott wollte das Böse, um Gegenmaßnahmen zu zu viel Geborgenheit und Spielerei zu setzen. Zu viel Geborgenheit und Spielerei, sie hätten euch nicht weitergebracht, und ich habe mich dafür zur Verfügung gestellt, diese Gegenmaßnahmen dafür weiterzugeben. Ich bin nicht das Entscheidungsgremium für das Böse! Dazu reicht meine Größe nicht, so wie auch Jesus nicht das Entscheidungsgremium für das Gute ist. Er ist genau so wie ich ausführend. Und doch steht es uns an, ein wenig in die Dinge einzugreifen und kleine Korrekturmaßnahmen vorzunehmen, weil wir ja mehr als Gott am stofflichen Leben dran sind und darum von der Stofflichkeit auch ein wenig mehr verstehen, vor allen Dingen von euren schnellen Veränderungsmöglichkeiten – insbesondere, weil eure Welt so schnelllebig geworden ist. Wir halten hier damit eure Welt in Ordnung, die nicht aus den Fugen geraten soll. Aber auch ihr sollt ja immer wieder entscheiden zwischen Gut und Böse. Aber Jesus und ich, wir sind dazu da, um größere Schicksalskorrekturen vorzunehmen; Jesus kann übers Wasser gehen und heilen, ich kann den Untergang einleiten. Sozusagen bin auf den ersten Blick ein Töter und damit für euch das Gegenteil von Jesus, und damit einem Heiler – aber letztendlich bin auch ich ein Heiler und damit wie Jesus anzusehen, denn erst durch meine – manchmal auch totale – Zerstörung, kann ich dafür sorgen, dass Neues

aufgebaut und damit Evolution für euch garantiert werden kann. (Auf den ersten Blick bin ich dem Archetyp Krieger zuzuordnen – auf den zweiten Blick aber sind Jesus und ich ein und dasselbe – nämlich beide Heiler. Wir sind beide ohne den anderen ein Nichts)."

Zuerst sehe ich eine Burg wie aus Kristall aussehend, doch dann muss ich mich korrigieren. Nein, diese Burg ist aus Eis und Schnee.
Es ist eine Eisburg, die im Lichte leicht opalisiert – wie Eis und Schnee es tun. Sie sieht von außen fast so aus wie das Capitol in Washington.

Es gibt eine große grüne Tür – sie sieht wie eine angestrichene Holztür aus, was mich wundert, weil eine Holztür zum Eis grob und auch irgendwie zu grobstofflich, also nicht unbedingt ätherisch – wirkt. Aber es ist so wie es ist. Der Eingang ist wie ein Theaterfoyer mit einer großen Treppe aus Eis, fast kubistisch aussehend, gestaltet.

Ich gehe die Treppe hoch. Jedoch brauche ich auch hier wieder viel Zeit dafür. Ich muss immer wieder Anlauf nehmen, um eine Stufe nach der anderen nehmen zu können, was wiederum mehrere Sitzungen für meine Sichtungen in Anspruch nimmt.

Ich sehe, ich bin anders angezogen als in der vorherigen Burg. Ich habe nicht mehr mein „Mutter der Welt-Kleid" an. Mein Kleid ist wieder in schlichtem Weiß gehalten – ist das wieder mein Bußgewand, trage ich das aus eigenem Antrieb immer dann, wenn ich Erkenntnisse haben will, oder muss ich es sogar tragen? Ich weiß es nicht. Ich habe wunderschöne, leuchtend blaue Pumps an, die eher auf ein Tanzparkett gehören als auf das Eis; in denen ich aber trotzdem einen festen Tritt habe und nicht ausrutsche. Ich bin jetzt jünger. So ungefähr um die dreißig Jahre alt und sehr, sehr schlank. (Sicher liegt die Veränderung meines Alters daran, dass ich hier eine andere, eine höhere Dimension betreten habe.) Ich raffe mein Kleid und gehe in die Is-Burg hinein.

In der Burg gibt es eine spiegelglatte Treppe. Ich gehe langsam auf ihr hinauf. In der Mitte der Burg sehe ich eine Öffnung hoch zum Himmel. Sie misst etwa zwei bis drei Meter im Durchmesser und wirkt wie ein Luftschacht, soll aber wohl eher ein Lichtkanal zur höheren geistigen Welt sein. Auf der gegenüberliegenden Seite der Öffnung sehe ich wunderbare Engel mit Flügeln, bin aber durch die Eiswand, durch die ich nur wie mattes Glas sehen kann, von ihnen getrennt. „Es sind große Erz-Erzengel, die sich in diesem Mesobereich aufhalten und deshalb auch Mesoengel* genannt werden sollten", wird mir von Damian erklärt. Ich bedanke mich für seine Erklärung. Die großen Engel nehmen von mir durch die andere Seite der Eiswände keine Kenntniss und laufen – bzw. schweben mit ihren wunderbaren großen Flügeln – geschäftig hin und her. Dazwischen gibt es auch kleinere und damit jüngere Engel zu sehen. Sie sind bei den Mesoengeln genau so in der Lehre, wie es die jüngeren Engel in der Gralsburg bei Ariel waren.

Damian erklärt mir, dass dieser Ort ein Ort der Langatmigkeit ist. Alles geschieht lautlos und sehr ruhig, wie es auch bei uns geschieht, wenn die Natur vereist ist oder wenn es schneit und der Schnee die Geräusche dämmt. Ich komme in einen Gang, der noch weiter nach oben führt. Diesen gehen wir ein Stück. Der Fußboden, die Wände und auch die Decke, alles ist aus Eis. Dann sehe ich erneut die große Öffnung, die zum Himmel hinaufführt. Ich denke, dass ich mich wohl jetzt in die Öffnung begeben und den Lichtkanal nach oben nehmen sollte. Doch Damian sagt, dass wir jetzt erst einmal rechts abzubiegen haben. Dort gibt es wieder eine Holztür. Sie ist eine mittelalterlich wirkende, naturholzfarbene Tür. Der Raum, in den wir eintreten, ist nicht sehr groß, quadratisch und nur spärlich beleuchtet. Auch dieser Raum ist vollkommen aus Eis. In ihm sitzt eine Königin auf einem Eis-Thron – so, als wenn sie da immer sitzen würde oder besser gesagt, sitzen müsste.

Ich knickse, um ihr meinen Respekt zu bekunden und auch Damian, bezeugt ihr seinen Respekt. Er kniet, in einer dunklen Rittermontur gekleidet, vor ihr nieder. Die Königin sagt mir etwas zu meinem Leben: Dass ich alles aushalten und nicht zu schnell vorwärtsgehen soll.
(Ich hatte zu dieser Zeit einen schweren Unfall und musste meinen linken Arm und die Schulter mit Schrauben fixieren lassen. Es war keine

---

* Die Mesoebene liegt zwischen der Makro- und Mikroebene.

einfache OP. Ich hatte auch viel Zeit darüber nachzudenken, inwieweit Damian da seine Finger im Spiel gehabt hatte, doch hatte ich vorher auch mehrmals gehört, dass ich aufpassen und nicht fallen soll, was ja eher auf eine Vermeidungsmöglichkeit des Unfalls schließen lässt. Trotzdem hatte ich Gedanken wie: Was hatte ich noch zu lernen? Sollte ich wie H. ausgebremst werden? Für seine geführten Kriege jetzt auch mitverantwortlich gemacht werden?)

War es kein Zufall, dass mit der Wiederbegegnung mit H. in der Gralsburg auch dieses Thema für mich auf den Tisch kam?* Würde meine Schulter steif bleiben, so wie seine Beine? Würde ich meinen Arm je wieder ganz nach oben bekommen? Die ersten Wochen waren eine einzige Qual gewesen. Aber wenn es mir wieder einmal besser ging, dann musste ich auch sofort wieder mit meiner Reise in der Is-Burg fortfahren, die mir so viel Freude bedeutete.

Die Königin sieht menschlich und doch auch sehr ätherisch – und auch von der Spiegelung des Eises selbst leicht opal schillernd – aus. Ihr Thron steht in der Mitte des Raumes auf drei sich nach oben verjüngenden Stufen aus durchsichtigem Eis. Sie ist so eine wunderbare würdevolle Königin. Ich liebe sie schon seit Äonen, das weiß ich. Sie sieht mich mit tiefer Liebe in ihren Augen an. Sie trägt ein weißes langes Kleid. (Alle Frauen in den Burgen tragen lange Kleider, es gibt in der geistigen Welt keine Minikleider) Ich umrunde sie auf ihre Bitte hin drei Mal von rechts nach links, um ihr damit meinen Respekt und meine Demut zu zollen. Damian verabschiedet sich. Vorher aber sagt er noch, dass Renata gleich noch einmal kommen und mich abholen wird. Meine liebste Schwester Renata. Ich soll sie noch einmal wiedersehen? Ich freue mich.

* Ich hatte auch länger darüber nachgedacht, ob es nicht unfair ist, wenn jemand, der in einem Leben aus Staatsräson – aber auch aus Verteidigungsgründen – Kriege führen musste, dem nichts anderes auch aus familienpolitischen Gründen übrig blieb, dafür noch später, in einem anderen Leben, bestraft werden konnte. Natürlich hätte auch er anders entscheiden können – aber dann sicher mit seiner Ächtung und einem frühen Tod bezahlen müssen. Aber vielleicht wäre diese Entscheidung ja – aus kosmischer Sicht!!! – die einzig richtige gewesen.

Da ich schon seit mehreren Jahren immer irgendwie wusste, dass es nicht nur im Märchen, sondern auch im Himmel eine Frau Holle gibt, empfinde ich es nun, da ich sie in der geistigen Wirklichkeit wiedersehen darf, als eine sehr, sehr große Ehre. Auf dem Kopf trägt sie eine Krone aus Eiszapfen, die mit immer kleiner werdenden Kugeln – auch aus Eis – bestückt sind. Diese Eiszapfen sind auf dem ganzen Kopf verteilt. Fast sieht ihr einzelner Kopfschmuck so aus wie der Eiszapfenschmuck, den wir Weihnachten an den Christbaum hängen.

Die Königin hat blonde Haare, die schon leicht mit grauem Haar durchzogen sind. Bei uns auf der Erde würde sie so etwas um die sechzig Jahre alt geschätzt werden; sie ist sehr, sehr schön und sehr, sehr weise. Ich glaube, sie wartet hier auf die Menschen, die ihren Aufstieg wagen – und ich vermute, dass es für sie ein sehr langes und mühevolles Warten ist. Sie hat deswegen auch mein Mitleid, doch sie sagt mir, dass sie mir nicht leid tun sollte, denn sie wartet nicht: „Wer kommt, der kommt, mehr kann ich nicht erwarten." Sie ist sehr pragmatisch. Sie sagt auch noch, dass ich hier schon öfter war, was mir auch erklärt, dass ich – wie schon gesagt – schon immer irgendwoher wusste, dass das Märchen von Frau Holle das Restwissen über Frau Holle im Himmel ist.
Sie erlaubt mir weiterzugehen. Ich bedanke mich bei ihr mit einem Knicks.

Mein Herz ist übervoll.

Die nächste Lichtdusche

Ich komme an eine weitere Holztür, und ich öffne sie.
Ich kann vorerst wieder nur alles sehr schwer erkennen.
Dann aber komme ich in einen Gang, in dem giftgrüner Nebel schwelt.
Ich kann nicht erkennen, wie lang der Flur dahinter ist. Es dampft und qualmt. Ich weiß, dass ich erst durch die Nebelschwaden hindurch muss, um weiterzukommen. Rechts gibt es gleich drei Türen. Sie führen zu kleinen Räumen, die so aussehen wie kleine Umziehkabinen beim Arzt. Bevor ich mich auf meinen weiteren Weg mache, soll ich vorher noch in einem der Räume Platz nehmen. Ich entscheide mich, die letzte Tür zu nehmen. Ich gehe durch den Nebel hindurch, öffne die Tür und setze mich auf den Stuhl, der dort steht. Ich warte, was mit mir passiert.
Zu meiner Überraschung regnet die nächste Lichtdusche auf mich herab. Das hat Is-Holde so angeordnet.

Von der Lichtdusche für meine weitere Reise gestärkt und wieder draußen auf dem Gang, sehe ich, dass sich im hellgrünen Nebel herumwuselnde schwarze Kapuzengestalten befinden. Ich weiß nicht, ob sie mich sehen können, denn sie nehmen von mir keinelei Notiz. Auch sie scheinen für die Energieerhaltung dieser Burg zuständig zu sein, so wie es das auch in der unteren Burg, der Gralsburg, schon gab, wo das Feuer des Lebens von kleinen schwarzen Gestalten in Gang gehalten werden musste. (Das kleine Volk im Wald nimmt ja auch von uns keine oder nur sehr geringe Kenntnis!) Die Bedeutung des grünen Nebels kann ich nicht ausmachen. Irgendwie ist auch er Teil des kosmischen Feuers!

Dann erkenne ich Renata, die schon im Nebel steht, um mich wieder in Empfang zu nehmen. Wir sind beide hocherfreut uns wiederzusehen. Sie sagt, dass sie nicht meine Schwester ist – was ich immer glaubte –, sondern meine Urmutter und dass sie mich schon tausendfach geboren hat. Ich stehe verdutzt da und muss erst einmal über ihre Worte nachdenken, denn so hatte ich unsere Verbindung noch nie gesehen. Sie gibt mir Zeit, um den Sinn ihrer Worte zu begreifen...

„Es gibt hier auch Pferde", spricht sie mich nach geraumer Zeit in meine Gedanken hinein wieder an.

Ich versuche zu ergründen, wohin es gehen soll. Doch ich kann vor mir noch immer nur wenig ausmachen; der grüne Nebel wird zwar lichter, aber er ist immer noch zu dicht, um mehr Sicht für mich freizugeben.
Dann sehe ich plötzlich zwei Pferde, wunderbare Schimmel, die für uns gesattelt und mit Bändern geschmückt, im Nebel zum Weiterreiten bereit stehen. Renata und ich sitzen auf, und wir fassen uns an die Hände. Wir sind froh, dass wir uns haben. Wir versichern uns immer wieder unsere Liebe, unsere Demut und unsere Dankbarkeit füreinander. Den grünen Nebel lassen wir hinter uns. Wir reiten nun den aus Eis bestehenden Gang entlang, der leicht nach oben führt. Ich weiß nicht, wohin es mit uns gehen soll, habe aber großes Vertrauen.
Auch hier brauche ich wieder ein paar Sitzungen zusätzlich, um weiterzukommen.

Doch dann geht's wieder weiter. Der Gang ist nur sehr schwach beleuchtet. Wir reiten ihn nur sehr langsam hinauf. Renata und ich, wir haben uns dabei noch immer viel zu erzählen.
Dann plötzlich stellt sich uns ein Mann in einem Overall vehement in den Weg. Er sieht aus, als wenn er einen Strampelanzug trägt. Ich muss ein wenig darüber lächeln. Er gibt mir einen Passierschein. „Ohne ihn darfst du nicht weiter gehen," sagt er. Den nehme ich. Renata verabschiedet sich. Unser gemeinsamer Ritt ist beendet. Ich soll allein weiterreiten. Mein Pferd darf ich dafür behalten. Ich sitze aber erst einmal ab, weil ich erst noch einen Raum betreten soll. Dieser Raum ist dem Spiegelsaal von Versailles ähnlich; jedoch hier viel lichter und weniger stofflich sichtbar. Die Spiegel, sowie die Kommoden, die es hier gibt, sehen aus wie aus Eis gemacht. Ich bin sehr glücklich, hier zu sein und verstehe das Abbild, das Ludwig der XIV. mit dem Bau von Versailles auf der Erde machen musste und warum ich dort in meiner Inkarnation zurzeit von König Ludwig XVI. und seiner Gemahlin Marie Antoinette so glücklich gewesen war.

Dann gehe ich zu meinem Pferd zurück. Ich reite weiter auf dem Gang entlang und komme danach zum Außenteil der Burg, der auch aus Eis besteht. Ich sagte ja schon, dass die Is-Burg fast wie das Capitol in Washington aussieht. An der Außenwand führt ein spiralförmiger Weg bis hoch nach oben (auch in Mesopotamien gab es solche Burgen mit einem Wendelgang um eine Kernmauer gebaut). Auf diesem Wendelgang reite ich mit meinem Pferd hinauf. Ich kann dabei durch Arkaden nach draußen in den Himmel sehen, der die gleiche Farbe wie das Eis zu haben scheint. Das Licht ist gleißend, nicht mehr so azurblau wie bei der unteren Gralsburg. Im Inneren des Capitols kann ich wieder die Öffnung ausmachen, die sich hoch in den Himmel erstreckt und einem Lichtkanal gleicht; so, wie ich sie auch zu Anfang meiner Reise in diese Burg gesehen hatte, als ich mein Kleid raffte und die Treppe auf meinen blauen Pumps hochging. Doch jetzt erkenne ich alles noch besser – mein geistiges Auge hat sich wieder an die neue Umgebung gewöhnt.

Es umgibt mich eine erhabene Stimmung und erhaben fühle ich mich auch auf meinem wunderbaren Pferd, das mich leichtfüßig weiter nach oben führt. Dann sitze ich erneut ab. Ich weiß, ich soll in den nächsten Raum gehen. Dieser Raum ähnelt dem Raum, in dem ich in der ersten Gralsburg mein „Buch des Lebens" aufgeschlagen habe, nur dass auch hier alles aus Eis ist. Der Tisch und die Stühle sind aus feinstem, hellen Gold. Ein großes Buch liegt auf dem Tisch und ein goldener Schreibstift. Ich soll mich setzen. Es gibt niemanden in dem Raum und doch ist die Person, die mich seit der Gralsburg aus dem Off führt, immer noch da und bereit, mich als Lehrer auch hier in der Is-Burg weiter zu geleiten. Entweder kann ich sie direkt hören oder ich empfange ihre Gedanken mental.

Ich schlage das Buch auf. Seine Seiten sind leer. Ich fühle mich so klein wie ein Kind. Zum einen körperlich, weil ich nun fast so klein bin wie Gulliver im Lande der Riesen aus „Gullivers Reisen" * – der Tisch und der Stuhl sind viel zu groß für mich – und zum anderen geistig, denn ich weiß nicht, was ich mit dem Buch anstellen soll. Soll ich da etwas hineinschreiben? Aber was? Die Stimme begleitet mich weiter: Sie sagt zu mir, dass ich auch hier adelig bin und dass alles für mich schon seinen Weg gehen wird. Wieder sitze ich da und weiß nicht weiter. Dann fällt es mir ein. Ich bin froh meinen Aufstieg zu machen und dass ich ihn jetzt von der Erde aus mache. Das schreibe ich in das Buch hinein.
Dann gehe ich wieder zu meinem Pferd zurück.

* von Jonathan Swift, Teil II. Reise nach Brobdingnag.

Wieder nehme ich den Weg auf der Wendeltreppe, die um die Is-Burg weiter nach oben führt und reite auf meinem schönen Schimmel den wundervollen Gang mit den wunderbar gestalteten Arkaden hinauf. Dann komme ich an eine Tür, auf der in roter und grünblauer Farbe Herzen aufgemalt sind. Sie öffnet sich für mich automatisch, und ich sehe in einen Raum aus Eis, der so aussieht, wie man heute auch bei uns die Eishotels gestaltet kennt; die vollkommen aus Eisblöcken bestehen und auf denen man sitzen kann (dieser Raum erinnert mich gleichzeitig an die früheren Discos in den 70er und 80er Jahren, als man die Räume gerne mit Schaumstoffblöcken ausstattete). Dort halte ich mich sehr lange auf. Immer wieder schaue ich, wie ich weiter komme. Doch sehen kann ich wieder nur sehr schlecht. Wieder versuche ich mein geistiges Auge auf das noch diffuse Licht im Raum einzustellen und mit meinen Gedanken den Raum zu erhellen. Ich habe es mittlerweile akzeptiert, dass ich, je weiter meine Reise nach oben geht, auch meine Augen immer wieder neu auf die dort bestehenden geistigen Bedingungen ausrichten muss. Es scheint so zu sein, als wenn ich mit jeder Höhe auch wieder eine andere Dimension betrete.

Dann denke ich – oder mir wird der Gedanke eingegeben –, dass ich in den nächsten Raum unbedingt einen Blumenstrauß als Geschenk mitnehmen sollte. Und blitzschnell habe ich auch schon einen Anemonenstrauß in der Hand, der wie in Eis oder Zuckerkristalle eingetaucht aussieht. Ich überlege, ob die Eiskristalle auf den Blüten von der Kälte des Raumes kommen. Ich friere aber nicht. Die Anemonen sind lilafarben und sehr, sehr schön. (Jetzt weiß ich, dass Anemonen für tiefe Dankbarkeit stehen.)

Wieder und wieder versuche ich weiter zu kommen. Doch der Zutritt zum nächsten Raum wird mir noch nicht gewährt, oder ich gewähre ihn mir selbst noch nicht. Ich habe wirklich Demut und Respekt vor dieser Reise. Meine Gedanken gehen wie Blitze hin und her. Ich nehme an, dass das auch daran liegt, dass die Zeit schneller fließt. Auch fällt mir auf, dass ich noch kleiner zu werden scheine.

Ich versuche schnell in mir die Antworten darauf zu finden, warum ich hier bin und auf was ich mich vorzubereiten habe. Wieder dauert es einige Zeit, bis ich die Tür zum nächsten Raum öffnen kann. Doch dann stehe ich irgendwann im nächsten Raum und muss auch dort erst Licht in ihn hineinbringen, bevor ich wieder etwas sehen kann.

Dann höre ich: „B. kommt!" Und ich weiß sofort, wer gemeint ist. Die Schulfreundin, die mir mit dreizehn Jahren mein Leben gerettet hat. Ich sehe auch meine ehemaligen Pflegeeltern. Sie alle waren schon vor meiner Inkarnation dazu himmlisch abgestellt, mir dabei zu helfen, am Leben zu bleiben, wird mir von meiner mich begleitenden Stimme erklärt. Nacheinander nehme ich sie alle in herzlichster Dankbarkeit in meine Arme und übergebe ihnen meine Blumen.

Ich muss mich wegdrehen, weil ich vor Dankbarkeit weinen muss – aus Dankbarkeit für sie, aber auch für den Himmel, der schon früh davon wusste, wie schwer mein Leben einmal werden würde und doch wollte, dass ich auf der Erde für länger am Leben blieb. Alle drei bleiben noch einen Moment bei mir, und ich muss noch an die Frau denken, die mir in Hamburg einmal bei einer gesundheitlichen Sache geholfen hat, und ich fühle, auch sie – wenn auch nicht sichtbar, wahrscheinlich lebt sie noch auf der Erde?! – ist bei mir.

Auch wenn man sich in diesen Dimensionen herzlichst in den Arm nimmt, so bleibt die Liebe füreinander, selbst dann, wenn sie sehr tief ist, trotzdem immer von einer großen Distanz; was aber nicht schlimm ist, denn die richtige Liebe ist immer eine Liebe, die das Lernen und das Wachsen des Anderen zum Zweck hat.

Beim Weitergehen sehe ich einen Brunnen in einem kleinen Atrium. Es gibt Frauen mit Wassergefäßen auf dem Kopf, wie sie die Frauen in den arabischen oder afrikanischen Ländern tragen, die ihr Wasser aus dem Brunnen holen. Ich soll mich in den Brunnen hineinlegen und Kraft tanken. Im Wasser gibt es Seerosen und an den Wänden ranken Gewächse. Ich denke: So muss das Paradies sein!
Ich korrigiere meinen Gedanken: Nein, das hier, das ist das Paradies!

Der Fußboden besteht aus Kacheln, im Raum ist es schön warm.

Die Frauen waschen mich. Gestärkt steige ich nach einiger Zeit aus dem Brunnen heraus. Ohne mich abtrocknen zu müssen, bin ich gleich wieder trocken. Mein Kleid hatte ich zum Baden anbehalten – genau so wie auch heute noch viele arabische Frauen ihr Kleid anbehalten, wenn sie in der Öffentlichkeit ein Bad nehmen und deren Anblick ich dabei so sehr liebe.

Mein weiteres zu Hause

Es gibt eine Treppe auf der ich weitergehen muss.
H., mein erster Freund aus diesem und mein Ehemann im Magdeburger Leben, der mich bereits in der Gralsburg begleitet hat, ist wieder da. Er sagt: „Ein Ritter bleibt immer ein Ritter." Er bietet mir seinen Arm und führt mich ritterlich bis zur letzten Stufe die Treppe hinauf. Dann weiß ich, ich komme jetzt in mein eigentliches zu Hause. Ich sehe wieder die Öffnung zum Himmel. Mit großer Kraft schwinge ich mich in ihren Lichtkanal und fliege und fliege und fliege...
Ich weiß gar nicht, wo ich zu landen kommen soll. Dann habe ich das Gefühl, über der jetzigen Is-Burg gibt es noch einmal eine kleine Burg, die vom Umriss her der ersten Burg, der Gralsburg, sehr nahe kommt, jedoch aus Kristall besteht. Doch vorerst soll ich dort noch nicht hin. Die Is-Burg ist hier noch nicht zu Ende.

Mein Flug wird etwas abgebremst und es wird mir gesagt, dass es im oberen Teil der Meso-Burg einen Thron für mich gibt. Für mich? Noch einen Thron? Kann es sein, dass ich das falsch höre und ein wenig übertreibe? Ich sollte bescheidener sein, denke ich. Ich, auch hier eine Königin? Dann sehe ich den Thron. Ich fliege darauf zu und lande.

Ich bin auf meinem Thron zu sitzen gekommen und trage ein brombeerfarbenes Kleid. Um mich herum herrscht geschäftiges Treiben. „Du musst das Bein nachziehen", sagt ein etwa fünfzig Jahre alt aussehender Mann zu mir. Er hat dunkelblondes, leicht rötlich schimmerndes, zurückgekämmtes Haar. Er trägt weiße Handschuhe und stellt mir einen Hocker als Fußstütze unter meine Füße. Er scheint mein Diener zu sein. Ich bekomme von ihm einen – meinen – brombeerfarbenen Königinnenumhang umgelegt. Er passt genau zu meinem Kleid, ist aber mit einem lavendelfarbenen, am Hals hoch stehenden, Plissee-Kragen versehen. Meine blaue Krone aus großen, achteckig geschliffenen, aber unpolierten und darum stumpf wirkenden, aber wundervollen, dunkelblauen Saphirsteinen bekomme ich aufgesetzt und ich bekomme ein – mein – Zepter in die Hand. Mich mit den Insignien der Königin auszustatten, geht sehr schnell. Neben mir links gibt es noch einen Thronsessel. Zu wem er gehört, kann ich nicht ausmachen. Der Fußboden und die Wände in meinem Zimmer bestehen nicht mehr aus Eis. Der Boden ist mit mittelbraunem Parkett belegt, die Wände sind mit einer Nuance dunklerem Holz getäfelt. Meine Haare sind etwas heller als in diesem Leben und doch noch von einem dunklen Braun und auch leicht gewelltes Haar habe ich.

Von links kommt mein Bruder (aus diesem Leben!), der bereits vor Jahren verstarb. Er kniet, auch in Ritterrüstung wie H., aber tollkühn und wagemutig wie ein Ritter aussehend – tollkühn war er auch in diesem Leben, was ich an ihm so mochte, denn er hatte vor fast gar nichts Respekt – ehrfürchtig vor mir und gibt mir einen gekonnten Handkuss. Er sieht aus wie der Ritter Eisenherz persönlich, mit glatter Ponyfrisur. Ich spüre meine große Liebe zu ihm und erinnere mich an mein Leben als adelige italienische Dichterin V.C., als er mein aus Spanien stammender Ehemann gewesen war (das hatte ich in einer Rückreise vor Jahren herausgefunden und wurde mir von ihm aus der geistigen Welt auch mit einem Kuss auf meine Lippen bestätigt).

Danach kommt meine Mutter, mit ihrem zweiten Ehemann an der Hand, fast so, als wenn sie einen Hampelmann hinter sich herzöge. Er möchte am liebsten nicht mit. Dabei hatte er in diesem Leben mit ihr das Sagen und sie nicht besonders liebevoll behandelt. Sie weiß, dass ich ihn nicht sonderlich mochte und auch für unsere Familie völlig unpassend fand, weil er noch eine sehr junge,unbedarfte Seele war (das verstand ich auch schon als Kind). Doch sie ist in diesem Moment klüger als ich. Sie erklärt: „Der Zweck heiligt die Mittel." Ich verstehe, was sie meint. Sie will, dass er jetzt von ihr lernt, und sie erklärt mir, dass sie ihn sehr geliebt hat. Sie will auch, dass er es weiß, dass ich eine Königin im Himmel bin. Ich zeige meiner Mutter, wie sehr auch ich sie liebe und dass ich ihre Lektion für mich durchaus verstanden und nun daraus gelernt habe – ich werde ihre Entscheidung, ihn damals als Ehemann genommen zu haben, nun akzeptieren.

Ich sagte ja schon, dass die Liebe im Kosmos von großer Distanz ist, und doch ist sie treuer und wahrhaftiger als auf Erden. Ich glaube, dass das darum so ist, weil wir im Kosmos nur für das seelisch/geistige Wachstum des anderen zuständig sind und nicht fürs Essen und Trinken und das Beschützen vor den Unbilden der Natur und den Anfeindungen der Menschen! Die Ängste, diesen Schutz nicht zu schaffen, rufen in

uns ganz besondere Emotionen hervor, die die irdische Liebe so verstärken können, dass sie nicht mehr von gesunder, distanzierter Art sein kann, die dem anderen und sich Freiheit gewährt. Es ist schwer, auf der Erde ein Gleichmaß von zu viel und zu wenig herzustellen. Eine säugende Mutter muss in einer Überliebe für ihr Kind sein und auch sich selbst schützen, damit sie überlebt und nähren kann. Im Kosmos ist alles gleichmütiger, ruhiger und für immer – und es gibt eine ganz natürliche und gelassene Liebe und Einstellung für „Alles-was-ist".
Im Kosmos gibt es aber noch einen weiteren Vorteil:
Dort gesellen sich nur in ihrer Entwicklung gleichgesinnte und gleichgestellte Seelen zueinander. Auf der Erde aber müssen wir auch Begegnungen mit Menschen aushalten, die von der Seelenreife (noch!) nicht mit uns kompatibel sind.

Meine Hochzeit (das erneuerte Versprechen)

Dann weiß ich, dass ich drei Mal mit meinem Zepter auf die Erde stampfen muss. Woher ich das weiß, kann ich nicht sagen. Meine Gedanken fliegen sehr schnell.

Herein kommt Arthus. Ich bin in riesengroßer Freude. Er sagt: „Wir heiraten noch einmal" – auch auf der Erde hatte er mir das bei meinen privaten Channelings seit ein paar Jahren immer wieder durchgegeben, jedoch konnte ich nie richtig einordnen, wie er das meinte –, und er fügt hinzu, „und ich habe auch gleich die Kutsche dafür mitgebracht."

Die Kutsche für den aus Eis bestehenden Teil der Burg auf Kufen gestellt, schwankt in der Luft immer wieder hin und her, bevor sie in meinem Raum auf dem Parkett, direkt an der Tür, zu stehen kommt, denn Arthus hat sie ziemlich vehement in den Raum gestellt. Sie ist in altweiß gestrichen und golden verziert. Arthus setzt sich auf den linken, noch freien, Thronstuhl. Ich weiß nun, dass er zu ihm gehört (weil ich hier herrsche, habe ich – im Gegensatz zur Gralsburg – nun den rechten Thronplatz inne). Er sagt mir, dass wir beide auch für die Stützung der Mesoburg wichtig sind. Ich suche nach meinem Seelenpartner Wighart (siehe auch wieder mein Buch „Wighart der Ritter der Schwerter – die Geschichte einer Seelenpartnerschaft über den Schleier hinweg"), mit dem ich unzählige Inkarnationen auf der Erde geteilt habe, und von dem ich das Gefühl habe, er würde möglicherweise auch kommen. Und ich bekomme eine Antwort, die mich völlig umhaut und doch spüre ich, dass sie die richtige ist:

Arthus sagt zuerst, dass er hier **Arthurus heißt** (und so nenne ich ihn nun auch immer, und so sollte er auch in den Legenden genannt werden – interessant aber ist, dass sein Name über die vielen Zeiten immer erhalten geblieben ist und nur der Schreibweise der jeweiligen Länder angepasst wurde, in denen die Legende spielte), und ich immer noch Anthea und dass mein „Wigi" immer ein inkarnierter Teil von ihm gewesen war, um mich bei meinen Erdenleben zu unterstützen. Ich denke, dass ich nun mein Buch „Wighart der Ritter der Schwerter – Die Geschichte einer Seelenpartnerschaft über den Schleier hinweg" noch anders zu verstehen habe, ja es sogar – wenigstens mit ein paar Worten –

zu ergänzen hätte. Ich soll vor allen Dingen wieder einmal verstehen (damit dieses Wissen noch besser in mir sitzt!), dass jemand vielfältig – nicht nur auf der Erde, sondern auch in anderen Dimensionen – inkarnieren kann und dass alle Seelenanteile, die aus dem Urprint zu verschiedenen Menschen oder Wesenheiten wurden, auch niemals mehr vergehen und in der geistigen Welt weiterbestehen. So wie Wighart aus Arthurus ist, so ist Arthurus auch die vielen Wigharts. Ich bin für diese Erklärung sehr dankbar und bedanke mich bei ihm für diese Art der Hilfe auf der Erde für mich. Vielleicht haben die Mayas das mit ihrem Begriff „In'LakEch" („Ich bin ein anderes Du"), zu erklären versucht? „Pass auf", heißt es, „du könntest dir als Kopie selbst begegnen!" Die Frage: „Wieviele bin ich?", hat sich mit diesen Ausführungen Arthurus damit noch einmal anders erklärt.

Während Arthurus neben mir auf seinem Thron sitzt, sehe ich mir seine nachtblauen edlen Ritterhandschuhe an, die auf den Fingerkuppen mit schwarzem Stoff – der Form der Fingerkuppen folgend – verstärkt sind. Er hält liebevoll meine Hand. Auch ich trage Handschuhe, sie sind aus feinstem Garn gehäkelt. (Jeder der mich kennt weiß, dass ich auch hier in der stofflichen Welt fast immer Handschuhe trage, denn ohne sie fühlte ich mich nackt.)

Dann gehen wir zusammen in den nächsten Raum, den man durch eine Tür erreicht, die sich links von meinem Thron aus gesehen befindet. Es ist ein großer feudalistisch anmutender Saal, indem wir uns nun befinden. Auch hier ist der Fußboden aus Parkett, jedoch etwas heller als in meinem Thronzimmer. Auch dieser Raum erinnert mich an Versailles. Jetzt habe ich ein wollweißes mit heiligen Symbolen besticktes Hochzeitskleid an. (Auf der Erde hatte ich gerade ein paar Tage vor dieser Sitzung – auch das ist kein Zufall – Bettbezüge gekauft, die der Farbe und dem Muster dieses Kleides sehr ähneln.) Über meiner Krone trage ich einen wollweißen Schleier – dem Schleier der „Mutter der Welt" von Nicholas Roerich gemalt, fast deckungsgleich ähnlich. Auch Arthurus ist wollweiß angezogen. Sein mittellanger Mantel ist mit Pailetten bestickt und hat einen hochgestellten Kragen. Seine Hose ist schlicht gehalten.

Wir sollen noch einmal heiraten. Arthurus zieht jeweils für mich und sich einen Stuhl von der Seite des Saales zur Mitte heran. Wir nehmen Platz und setzen uns mit dem Blick zueinander gewandt und nehmen unsere Hände. Mit einigem Abstand zu uns gibt es Menschen, die uns und der Zeremonie beiwohnen wollen.

Aus der noch höheren geistigen Welt kommt eine Stimme, die uns erneut verheiratet und deren Bekenntnis zur Heirat wir nachsprechen sollen. Es geht um Liebe und Vertrauen und Demut und Respekt vor dem Himmel, dem wir zusammen dienen dürfen. Es geht um keine persönliche Hochzeit, sondern um eine Hochzeit, um zusammen als Mann und Frau, bzw. um als männliche und frauliche Energie, dem Himmel zu dienen. Wir beide sprechen jeden heiligen Satz nach, den wir hören:

„Wir geloben mit Respekt dem Himmel zu dienen und uns dem Aufstieg aller Menschen verpflichtet zu fühlen, wir geloben diese Arbeit immer gemeinsam zu tun und unsere Liebe dafür immer wieder zu erneuern und damit am Leben zu erhalten. Wir geloben ..."

Trotz der Größe dieser Zeremonie geht sie ziemlich unspektakulär vonstatten, was wohl daran liegt, weil wir unser Gelöbnis und Ehebekenntnis gegenüber dem Himmel bereits seit Äonen immer wieder erneuert haben. Wir wissen um unsere Arbeit, die wir zu tun haben – für immerdar, bis alles eines Tages wieder in unseren gemeinsamen Ursprung zurückgeht – dem Vakuum, das alles geboren hat.*
Meine Gedanken wandern.
Ich denke an Arthurus Hilfe, als ich mit achtzehn Jahren kein Geld zur Rückfahrt von Hannover nach Kassel hatte und er mir in stofflicher Form erschienen war – was ich sofort wusste – und das Geld dafür geliehen hatte. (Er schrieb mir damals dafür einen Zettel mit einem Namen aus – Helmuth** sowieso, der Nachname war polnisch klingend, wurde aber von mir, obwohl ich mich immer erinnern wollte, vergessen –, damit ich ihm das Geld zurücküberweisen konnte, was ich unbedingt

* Siehe dafür zur Erklärung auch wieder mein Buch „Eure erste Erde ist nicht mehr ..."
** Der Name Helmuth bedeutet: Mut, Geist, Gesinnung.

wollte. Als ich vier Wochen später die Überweisung vornehmen wollte, war der Zettel weg, den ich noch einen Tag vorher in einer Schublade meines Bücherbords gesehen hatte. Ich hatte immer wieder kontrolliert, ob er noch da war, um die Adresse ja nur nicht zu verlieren – H. mit dem ich damals bereits zusammen war, hatte das seinerzeit als die Mystik liebender Katholike mit: „Engelchen, Engel bezahlt man nicht!" quittiert.

Ich denke auch an Arthurus Erscheinen im Hanseviertel von Hamburg von vor ungefähr fünfzehn Jahren – als er mit grauem Rollkragenpulli, schwarzem Jackett und grauer Hose bekleidet war und einen feinen ledern aussehenden Rucksack, ganz im Zeitgeist unserer gerade existierenden europäischen Mode, über der Schulter trug –, um mich daran zu erinnern, dass es zwischen uns ein geistiges Band gibt, das nie vergeht, und ich in dem Moment dachte: „So ein König kümmert sich um mich?" und er: „Aha, Aha ,Aha, Aha" machte und ich damals schon – wenn auch noch diffus – verstand, dass er der Meister St. Germain und „King Arthur" in einem ist.

Und ich muss an ein geistiges Bild denken, das er mir einmal durchgab, in dem er sich mir auf einem mittelalterlichen Königsstuhl in einem Wald in der Bretagne mit messingfarbener Krone auf dem Kopf präsentierte und mir zuzwinkerte, weil er mir da schon unbedingt sagen wollte, dass er der König der Arthuslegende und der Apfel-(Paradies-)insel Avalon ist und dass wir beide ein Band für immer haben – und ich das fast nicht glauben konnte. Bis dahin hatte ich immer gedacht, dass er, wenn wir schon zusammengehören, ein geistiger Bruder von mir sei – was ja auch nicht ganz falsch ist.

Ich muss erst einmal alles verarbeiten und bin gespannt, wie es weitergeht. Immer wieder wird mir gesagt, dass ich hinsehen soll, wer ich in Wirklichkeit bin und dass ich das auch auf der Erde mehr zeigen soll, dass ich eine himmlische Königin bin und dass das auch für meine Arbeit als „Mutter der Welt" wichtig ist. Ich denke, ob ich mir für meine Arbeit an und mit den Menschen mein „Mutter-der-Welt-Kleid", das auch der Maler Nicholas Roerich gesehen und gemalt hatte, schneidern lassen sollte? Doch wo so einen Stoff herbekommen? Woher so einen wundervollen Schleier? Und könnten das die Menschen annehmen? In

Indien ja, wo man große Mütter verehrt. Aber in Europa, wo die Frauen fast nur noch Hosen tragen und nicht wissen, dass es große Mütter im Himmel für sie gibt, die ihnen zu jeder Zeit zur Verfügung stünden, wenn sie es nur wollten? – So wie auch ich hier als Kopie zur Verfügung stehe, wenn mich die Frauen mit ihrem Schmerz über die für Frauen zu schwer gewordene Welt brauchen.

In meiner nächsten Religiositzung gehen Arthurus und ich zusammen weiter.
Wir gehen eine enge Treppe nach oben, die auch wieder aus Eis besteht. Ein Lichtstrahl fällt auf uns herab, wir folgen ihm und gehen noch höher. Wir verlassen die Is-Burg und kommen in den Himmel darüber hinauf. Der Sternenhimmel über uns ist zu erkennen, der vor uns auch wieder in derselben grandiosen Schnelligkeit vorbeirast wie in der Gralsburg zuvor.

Skizze des Kristallpalastes, © die Autorin und Almut Starke:

Die dritte Burg, der Kristallpalast

Im Kristallpalast

Es braucht nur eine Religiositzung, dann befinden Arthurus und ich uns im All. Und schon ist die dritte Burg direkt vor uns. In sie hineinzukommen geht ganz einfach; in einer minimalsten Sekunde schnell.

Die Burg besteht, wie ich es bereits gesehen hatte, als ich mich im Lichtschacht der Is-Burg hoch zu meinem Thronzimmer fliegend befand, vollständig aus glasklarem Kristall. Architektonisch ist sie der ersten Gralsburg täuschend ähnlich; sie ist aber kleiner, und sie sieht verwunschener aus – so, als wenn der Architekt und Maler Friedensreich Hundertwasser sie erbaut hätte, ein bisschen schräg verzogen mit unklaren Linien. Ich höre, auch hier werde ich – werden wir – weiterhin aus dem Off geführt, dass man sie Kristallpalast, aber auch Glaspalast oder Glanzpalast nennt. Der Eingang zur Burg ähnelt in seiner kubistischen Bauweise dem Eingang zur Is-Burg und wirkt auch wieder eher wie ein Aufgang zu einem Theaterfoyer als einem Eingang zu einer Burg.

Arthurus und ich, wir sind nun noch kleiner geworden, genau so, wie man Menschen aus der Ferne immer wieder kleiner werdend sieht. Nun noch kleiner als Gulliver im Lande der Riesen. Wir sind als Wesen fast gar nicht mehr erkennbar. Und doch weiß ich, wir sind jetzt beide in schlichtem Weiß gekleidet; ich trage nun ein schlichtes wollweißes, langes Kleid mit schmalen langen Ärmeln, er eine wollweiße Leinenhose und ein wollweißes Hemd, das lange weite Ärmeln hat. Seine Hose hat einen etwas dunkleren Ton. Ich liebe seine Kleidung sehr. Er ist ein so wunderschöner edler Mann. Seine Ausstrahlung tut mir gut. Bei ihm stimmen seine edle Gesinnung und seine edle Erscheinung immer überein. Hier gibt es keinen Bluff.
Wieder muss ich mein drittes Auge und mein Gehirn auf die neuen Umstände einzustellen lernen.

Wir nehmen beide die breite Treppe aus Kristall und gehen auf ihr hoch.

Von dort aus kommen wir zu einem Turmaufgang, auf dessen Wendeltreppe wir noch weiter hochgehen sollen. Aber das geht nicht so einfach. Wir kommen nur sehr langsam vorwärts und sitzen dann erst einmal fest. Wir müssen darauf warten, dass uns die Tür geöffnet wird, die sich links am Ende der Treppe befindet. Arthurus benutzt die Zeit, um mit mir zu flirten, schließlich hatten wir ja erst gerade wieder unseren Ehebund für Gott erneuert. Es ist ein wunderbares Spiel, das wir auf der Treppe haben; mit einem Schmunzeln und Lächeln, das nur aus der richtigen Liebe füreinander entstehen kann und wieder einmal denke ich darüber nach, was wir auf der Erde alles verloren haben und wie schwierig die Erdbedingungen allgemein zu meistern sind. Es ist schwer eine reine Liebe auf der Erde zu leben, wenn das Feld der Partnerschaft und Sexualität schon mit so viel Schmutz belegt ist. Das alles gibt es auf der geistigen Ebene nicht. Und wie oft ist es, dass ein Ehepartner mit einem streitet und einen nicht begleiten will? Hier ist es ganz leicht. Der eine macht mit dem anderen alles mit, denn das Ziel heißt: Entwicklung für die Urschöpfung und uns selbst. – Und trotzdem, auch die Erde hat ihre schönen Seiten, warum sonst würden wir an ihr und unserer Stofflichkeit so hängen? Nicht umsonst hat man uns für viele Inkarnationen die Erde als Entwicklungsmöglichkeit für unsere Seele gegeben.

Die Tür öffnet sich automatisch und ein langer Gang tut sich vor uns auf – auch er führt wieder höher hinauf. Ein weißes Einhorn wartet auf uns, um uns weiter zu bringen. Wir sind darüber sehr glücklich und reiten auf ihm weiter und kommen erneut an eine Tür, die sich für uns auch wieder automatisch öffnet. Vor uns liegt ein stark abgedunkelter Raum. Es ist zuerst sehr schwer darin die Königin auszumachen, die in diesem Raum zu leben scheint. Es braucht eine Weile, bis ich sie etwas genauer erkennen kann, und ich begreife mit einem Schlag der Erkenntnis, dass es sich um „die Königin der Nacht" handelt, die vor uns steht. Sie hat dunkles, leicht gewelltes Haar, und sie trägt ein nachtdunkelblaues Kleid und eine silberfarbene Tiara, und sie hat ein Zepter in der Hand. Sie wütet – zu meinem großen Erstaunen – über die Welt und misst den Raum dabei mit schnellen Schritten. Doch als sie uns sieht, hört sie auf zu rasen. Sie sagt mir, dass sie Ir-Minhild* heißt. Ich kann mit ihr zwar kommunizieren, aber es ist immer noch nicht so ganz einfach, sie deutlich zu erkennen.

* Althochdeutsch: *irmin* = allumfassend, *hiltja* = Kampf aus Lechner's Vornamenbuch, Lechner Verlag.

Ich versuche mein drittes Auge noch stärker auf sie zu lenken und meine Sicht damit zu verstärken. Aber in dieser Ebene wird es noch schwerer für mich, meine Techniken zu einer genauen Sichtung zu beherrschen. Diese ätherische Welt hat nun noch feinere Strukturen. Es ist wohl so, dass wir nun als sichtbare Wesen bald ganz verschwinden. Ich versuche nun nicht mehr mein geistiges Auge zu benutzen, sondern mich nur mit meinem Gehirn auf meine Sichtungen einzustellen. Ob das klappt?

Und tatsächlich, meine Idee war die richtige, es klappt!
Ich kann die Königin wieder besser sehen. Meine Anstrengung, mich nur auf mein Gehirn zu konzentrieren und es damit in seiner Leistung zu verbessern, hat sich gelohnt. Ich erkenne das Zepter und das nachtblaue Kleid der Königin nun besser. Und ich erkenne noch etwas und auch diese Erkenntnis kommt schlagartig: Ja, sie ist *die Königin der Nacht*, die der Freimaurer Mozart in seine Oper „Die Zauberflöte" eingebaut hat. * und **

Die Königin segnet uns, damit wir weiter gehen können.

* aus http://de.wikipedia.org/wiki/Der_Hölle_Rache_kocht-in-meinem_Herzen:
„Der Hölle Rache kocht in meinem Herzen, gewöhnlich abgekürzt als Der Hölle Rache, wird oft als die „Arie der Königin der Nacht" oder auch „Rachearie" bezeichnet..."
„...Die Arie gehört zu den berühmtesten Arien der Opernwelt"...
Und weiter: „...Die Arie ist Teil des 2. Akts der Zauberflöte. Von Rachsucht getrieben, gibt die Königin der Nacht ihrer Tochter Pamina ein Messer und trägt ihr auf, ihren Rivalen Sarastro zu ermorden. Andernfalls verstoße und verlasse sie ihre Tochter Pamina..."

** Wer sich gerne noch mehr mit diesem Thema und dem Bezug zum Freimaurertum Mozarts auseinandersetzen möchte, der klicke bitte: http://www.internetloge.de/arstzei/zauberf.htm von Wolfgang Schulze an. Daraus ein kleiner Ausschnitt: „Gemeinhin wird die „Zauberflöte" als eine Verherrlichung der Ideale des Freimaurerbundes angesehen. So ist in ihr eine Fülle von freimaurerischem Gedankengut enthalten, und es lohnt schon der Mühe, sich einmal damit zu beschäftigen und zu untersuchen, inwieweit das zutrifft. Wir wissen, daß Mozart Freimaurer war. Aber ein Mann, der entscheidend an der Gestaltung der Oper mitgewirkt hat, ja, der eigentlich der Urheber am Entstehen der Zauberflöte war, muß in unsere Betrachtungen einbezogen werden, nämlich der Schauspieler und Theaterdirektor Emanuel Schikaneder. Auch er war Freimaurer. So ist also die Zauberflöte durch zwei Brüder entstanden..."

An dieser Stelle ist es mir noch einmal wichtig, anzumerken, dass es dem Kosmos wichtig ist, dass *jetzt* mehr „Geheimwissen" unter die Menschen gebracht wird. Je mehr darüber erzählt wird, um so normaler wird es über viele Jahre hinweg auch in den Alltag der Menschen integriert werden können, und sie werden sich dann auch aufgefordert fühlen, sich der verschiedensten Religiotechniken zu bedienen, damit das geistige Wissen nun nicht mehr *fast genauso* vergeht, wie zu früheren Zeiten, sondern sogar vermehrt werden kann – Geheimbünde, die dieses Wissen für sich behalten, wären dann auch nicht mehr nötig.

Eine Anmerkung möchte ich auch noch zum Capitol in Washington machen, von dem ich sagte, dass es der Is-Burg sehr ähnlich sieht. Wieviel Wissen die Freimaurer über die Is-Burg haben, wird wohl noch für einige Zeit – oder auch für immer – im Dunkeln verbleiben. Der Grundstein zum Capitol wurde aber von einer Freimaurerloge gestiftet und auch die Straßen und Wege zum Capitol sollen Freimaurer-Symbole enthalten und das ist sicher kein Zufall – auch der Obelisk ist ein Freimaurersymbol.

Nachtrag zu meiner Rolle in der Is-Burg und weitere Erfahrungen mit der Königin der Nacht

Bevor ich mich mit Arthurus weiter auf den Weg machen will, ist es mir aber erst einmal wichtig, noch mehr zu meiner Rolle in der Is-Burg zu erfahren. Ich versuche in mehreren Anläufen wieder in meinen Regierungsraum zu kommen. Wieder ist das zuerst nicht ganz einfach. Aber dann klappt es doch.

Ich setze mich auf meinen Thron und versuche herauszufinden, warum die Menschen zu mir kommen wollen, die sich noch immer in dem Raum befinden, in dem ich mit meinem Mann Arthurus das Ehegelöbnis erneuert hatte.

Es klopft an der Tür, die sich gegenüber von meinem Thron befindet, da, wo auch noch immer die Hochzeitskutsche auf Kufen steht, die Arthurus zur Hochzeit mitbrachte. Herein kommt Ir-Minhild, die Königin der Nacht. Noch immer trägt sie ihr nachtblaues Kleid. Nur ihre Kopfbedeckung hat sich geändert. Sie trägt nun einen Hut in der Form eines altmodischen rechteckigen Lampenschirmgestells, mit noch tieferem nachtblauen Stoff als das Kleid bezogen. (So um das 14. bis 15. Jahrhundert herum, ist solch eine Hutmode auch auf der Erde entstanden. Solche Hüte nannte man einen Hennin. Die Henninmode kam im 14. Jahrhundert aus Burgund und war am Anfang ein Spitzhut gewesen. Doch so nach und nach wurde der Hennin ausladender und auch zu solcher Art Lampenschirm gestaltet.)

Die Königin überreicht mir einen Zettel, auf dem in spanischer Sprache „Königin der Balance" geschrieben steht. Sie will mir auf diese Weise klar machen, was meine Königinnenfunktion ist. Das es meine Funktion ist, die Emotionen der Menschen in Balance zu halten. (Wen wundert es da noch, dass ich im Sternzeichen Waage geboren wurde?) Sie will mir unbedingt ihre Position in der Is-Burg genauer erklären, damit ich dann später meine eigene besser verstehen kann. Sie sagt mir, dass es ihre Aufgabe ist über die ökologischen, politischen und sozialen Zustände auf der Erde solch große Wut zu empfinden und darüber so in Rage zu geraten, dass diese Energie groß genug wird, damit diejenigen Menschen auf der Erde, die sie mittels Lichtdusche oder einem kleineren

Gral erreichen will, die Notwendigkeit verspüren, falsch Gelaufenes doch noch in eine veränderte und bessere Lage zu bringen. Und sie sagt mir auch noch, dass es zumeist Menschen sind, die allein leben, die sie aufsucht. Sie ist eine große Korrekturkönigin, und ich stelle mir ihre Aufgabe als sehr, sehr schwer vor. Wieder denke ich darüber nach, wieviel die Freimaurer von ihr wissen.*

Die Königin hat dunkle lockige Haare und trägt sie schulterlang. Sie wirkt auf den ersten Blick eher zart. Sie ist ungefähr so groß wie ich es in der Is-Burg bin. Auf der Erde würden wir beide wohl um die 1,60 Meter herum messen. Doch als ich genauer hinsehe, hat sie trotz ihrer Zartheit eine sehr agile und widerstandsfähige Persönlichkeit. Die braucht sie auch, wenn sie sich in ihre kräfteverzehrende Wutbereithaltung zur Verbesserung der Erde hineinsteigern muss. Und ich beginne auch darüber nachzudenken, ob sie es ist, die meine Trauer und Wut in mir oft in eine noch höhere Form bringt, wenn ich über die Lage unserer von uns zerstörten Schöpfung nachdenke – wieder hilflos Tiertransporten zum Schafott und Baumfällungen zusehen muss und für ihre Errettung keine Menschen für meine „www.muetter–und–vaeter–der–welt.de – Heilungs- und Ideenschmiede für die Neue Zeit" zusammenbekomme, weil sie gezwungenermaßen zu sehr mit der Erfüllung ihres Berufes und ihrer eigenen Bedürfnisse beschäftigt sind, um ihr Herz noch für andere wichtigere Dinge aufzumachen; wenn ich immer wieder erkennen muss, dass die meisten Menschen ein anthropozentrisches Weltbild haben, indem es nur um sie selbst geht. Da ich auch auf der Erde wie im Himmel eher von einer ruhigen und ausgleichenden Art bin, verstehe ich die Streitereien, den Neid und die Gier auf Erden sowieso nicht und stehe ihnen immer wieder überrascht gegenüber. Es könnte alles so leicht gehen. So wie im Himmel so auf Erden! Und ich hoffe mit meiner Reise durch die drei Burgen nicht nur das Wissen über die kosmische Gralsgeschichte gut weitergegeben zu haben, sondern für dieses Buch auch Anstoß genug geleistet zu haben, dass die Menschen allgemein sich mehr mittels Religiotechniken daran erinnern wollen, woher sie kommen und wie im Himmel das Miteinander aussieht, um es dann auch schnell auf Erden bringen zu wollen – denn es ist ein phantastisches Miteinander!

* Inwieweit die Freimaurer die Position der Königin der Nacht in dem unteren Bereich des Kristallpalastes kennen – und diese durch Religiotechniken selber erfahren haben und noch immer erfahren –, lässt sich aus der Mutterrolle der Königin der Nacht in der Oper „Die Zauberflöte" von Wolfgang Amadeus Mozart nicht allein ableiten. Interessant ist es aber trotzdem, dass ihr in dieser Oper genau so – wie meiner Königin der Nacht – auch der Part der Rage und der Wut zugekommen ist und dass man ihr sicher mit dieser Rolle auf diese Weise auf der Erde ein Denkmal setzen wollte. Dass heutzutage der Königin der Nacht im Kristallpalast unsere Politik und unsere Sozial- und Umweltbedingungen mehr am Herzen liegen als früher – als noch die im Adel vorherrschenden persönlichen, familiären Bedürfnisse mit ihren persönlichen Kriegen im Vordergrund standen –, ist allerdings, bei unserer heutigen Umweltsituation und Geldsituation, nicht verwunderlich.

Dass die Königin heute gerade diejenigen Menschen erreichen möchte, die alleinstehend sind und nicht mehr so starke familiäre Bindungen haben, liegt auf der Hand. Gerade alleinstehende Menschen stellen sich dafür bereit, die Welt zu einem besseren Platz zu machen. Sie sehen die Welt insgesamt als „*ihre Familie*" an. Menschen in familiären Bindungen haben oft nicht so viel Zeit, aber auch keinen „Adapter" dafür; ihr Fokus liegt mehr auf der persönlichen Ebene oder anders gesagt, er wird durch die nicht immer ganz unegoistischen Familienbedürfnisse permanent darauf gelenkt

Es sind damit gerade die alten und alten weisen Seelen – siehe auch mein Buch: „Morgenstern – Die Seelenalter und die Neue Zeit" –, die die Ansprechpartner für die Königin sind und mittels Gral die Wünsche der Königin nach Veränderung, die erst durch starke Gefühle in uns ausgelöst werden können, implantiert bekommen, denn sie leben oft nicht nur allein, sondern sie haben durch ihre vielzähligen Inkarnationen auch die Fähigkeit und den Mut dafür erworben, ihr Leben allein durchzustehen und auch noch für andere wichtige Probleme offen zu sein.

Weiterer Anhang zu meiner Rolle in der Is-Burg

Wieder muss ich mehrere Reisen unternehmen. Ich muss ja noch herausfinden, was genau die Rolle – meine Rolle – der Königin der Balance ist. Ich setze mich auf meinen Thron und warte auf die Menschen, die zu einer Audienz zu mir kommen wollen. Mein Diener ist wieder bei mir. Er trägt wohl immer seine weißen Handschuhe. Ich weiß nun, wie er heißt. Er heißt: Mario.

Er legt ein weißes Tuch über meine beiden Unterarme und gibt mir einen Kelch, den ich mit meinen beiden Händen halte. Mit dem werde ich denjenigen Personen das Abendmahl zukommen lassen, die zu mir als nächstes hereinkommen. Ich bitte Mario die Leute hereinzurufen, die in dem Nebenraum zu meinem Amtssitz, rechts von meinem Thron (wenn man davor steht), noch immer auf mich warten. Es ist derselbe Raum, in dem Arthurus und ich unser Ehegelöbnis vor der höheren Schöpfung erneuert hatten. Und es sind auch noch dieselben Leute, die uns dabei zugesehen hatten.
Sie kommen zu mir herein. Es sind fünf Personen, die Mario hereinbittet. Fünf Personen werden immer nur maximal zu einem Abendmahl zugelassen. Das ist die Regel.
Ich gebe ihnen das Abendmahl. Meine Gespräche mit ihnen und meine Fürbitten für sie erfolgen danach in Einzelsitzungen.

Da es danach keinen gibt, der mir meine königliche Position in der Is-Burg noch näher erklärt, rufe ich Arthurus und bitte ihn, mir auch dazu etwas zu sagen:

Er erklärt:

„Ich will, dass du mehr weißt und dich damit noch mehr erkennst. Die wahre Geschichte deines Seins ist nun zu erzählen:

Vor langer Zeit wurdest du geboren. Ich aus dir und du aus mir. Wir wurden sozusagen zweigeteilt. Und wir wussten beide von Anfang an, wofür unsere Bestimmung war. Die Bestimmung meinerseits ist den Menschen immer ihre Wahrhaftigkeit zu zeigen und sie ihre Prüfungen meistern zu lassen und das alles in richtiger Reihenfolge (bzw. Anord-

nung) – und das Wissen dafür nach unten zu bringen, das in Gottes Wunsch nach Verbesserung auf Erden steckt.
Und damit ist auch schon gesagt, wozu du da bist. Du bist das Gegenteil der Köngin der Nacht. Wenn sie in Rage ist, dann versuchst du ihre Brilliance darin zu erhöhen, die Dinge und Wertigkeiten auszubalancieren, die sie dir vorgibt. Also: durch sie erhalten die Menschen ihre Aufgabe, diejenigen Dinge, die bei euch in Unordnung geraten und zerstörerisch sind, zu verbessern, durch dich sollen sie aber darin ruhen, diese Verbesserungen auch ausführen zu können. Du bist nicht wie die Köngin der Nacht und doch bist du ein Teil von ihr, bzw. für sie abgestellt. Das heißt, die Menschen, die an deiner Tür stehen, die zaubern sich durch dich ein neues und netteres Sein, indem du sie würdevoll dafür zurecht machst. D.h. du empfängst sie und gibst ihnen die Kraft dafür, die Regeln für ihre Aufgabe zu beherrschen. So wie du dein Leben beherrscht, um zu überleben. Keiner kann immerzu alles ausführen und immer in Arbeit sein und alles verbessern wollen – dafür ist bei euch zu viel durcheinander geraten – aber du kannst ihnen die Kraft und die Laune wieder geben und ihnen zeigen, dass es auch anders geht als über zu viel Rage. Und doch ist die Rage der Königin der Nacht erst einmal wichtig, um den Willen in die Herzen derjenigen Menschen implantieren zu können, die dafür bereit sind, die Welt zu einem besseren Platz machen zu wollen. Diese Menschen kommen dann zu dir, erschöpft, aber sie wollen trotzdem weitermachen. Und damit sie weitermachen können, dafür suchst du ihnen quasi ein schönes Stück Kuchen aus.

Du gibst ihnen ein Abendmahl und gibst ihnen damit die Stärke zurück!

Und du verzweifelst daran nie, denn auch ich schaue vorbei und sage dir, wie du das immer am besten zu machen hast.

Damit ist auch deine Rolle als „Mutter der Welt" zu verstehen! Du bemutterst die Menschen, damit sie ihr Leben trotz ihrer schweren Aufgaben überstehen. Wenn du ehrlich bist, dann liebst du an deinem Beruf als Heilpraktikerin am meisten, dass die Menschen zu dir (zur Audienz!) kommen und du sie wieder – medizinisch, soziologisch und spirituell – fürs Leben stärken kannst. Du hast dir damit ganz meisterlich die Posi-

tion auf der Erde gesetzt, die du auch hier in der Is-Burg inne hast. Und was uns auch gefällt, und das machst du auch hier in der Is-Burg, ist, dass du ihnen die soziologischen Begebenheiten eurer Welt näher erklärst und sie damit klüger und stärker machst durchzuhalten und sich nicht für alles schuldig und so völlig allein zu fühlen. Dadurch bekommen sie auch noch einmal eine andere Sichtweise auf die Welt.

Bedenke: Bei uns ist immer einer für den anderen da. Wir sind alle wie Kettenglieder an einer großen Kette. Jeder soll seiner Rolle gerecht werden. Die Urschöpfung setzt das Ziel und wir hier führen es so aus, dass es in die Stofflichkeit gebracht werden kann. Dabei ist auch noch zu sagen, dass es für die Menschen auf der Erde – so wie auch für dich als inkarnierter Anteil – schwerer ist als für uns hier oben, weil wir uns mit dem täglichen Kram zum Überleben, so wie ihr das immer ausdrückt, nicht beschäftigen müssen. Aber für uns ist es auch nicht immer leicht, neue Korrekturen nach unten zu bringen und darüber zu entscheiden, welcher Gral – welches Quantum an Licht – von euch jetzt aufgenommen werden sollte, weil ihr auf der Erde oft alles aus den Fugen geraten lasst. Aber wir wissen auch von der Stärke derjenigen Menschen, denen die Königin der Nacht ihre Veränderungswünsche implantiert hat. Das tut sie nie ohne Grund und ohne vorherige Prüfungen.
Und viele von denen haben hier auch seit Äonen eine wichtige Aufgabe inne – auch, wenn sie davon nichts mehr wissen.
Ich Arthurus."

Wieder im Kristallpalast, bei der Kristallkönigin

Das Einhorn wartet auf uns und will mit uns weiterziehen.

Wir wissen, wir dürfen jetzt zur Kristallkönigin, die die höchste Königin der drei Burgen und eine Geburt der Ur-ur-Königin aus dem Ur-ur-geistigen Reich ist. Auch sie kenne ich schon seit ein paar Jahren.

Seit Jahren hatte ich schon immer wieder Einsichten in die Welt dieser drei Burgen gehabt, ohne sie aber richtig deuten und topografisch einordnen zu können. Die Kristallkönigin trägt fast denselben Kopfschmuck wie Is-Holde – nur anstatt aus Eis aus Kristallen hergestellt. Sie ist die letzte Königin der noch restlich sichtbaren, wesenhaften geistigen Welt (von unten aus gesehen) und damit auch die Mutter aller weiteren Königinnen unter ihr – so auch meine – und aller der auf der Erde inkarnierten Königinnen und damit letztendlich aller Frauen. Bevor sie uns den Segen zum Weitergehen gibt, sagt sie mir noch folgendes zur Mutterschaft allgemein und zu meiner Königinnenrolle:

„Ich erzähle dir von hier, von der höchsten Ebene aller Gralsburgenebenen, die du bereits bereist hast. Du hast gehört, dass Renata dir in der Is-Burg gesagt hat, dass sie deine Mutter ist. Und das ist auch richtig. So wie du schon oft in vielen Leben eine Mutter warst, so hast auch du viele Mütter dein eigen nennen können. Und auch in den drei Burgen hast du eine verschiedene Mutterposition inne, aber auch verschiedene Mütter gehabt. Das ist ganz von allein geschehen, weil die Mutterrolle hier eine besonders wichtige ist. Du hattest auch bereits als erste Geburt aus dem Reiche Gottes hier eine Stellung als Königin, als die du dich nun sehen kannst und nun auch immerzu weiter sehen darfst und sollst. Aus dieser Stellung musstest du oft herausfallen, denn je näher du zur Erde kamst, um so mehr musste es auch ganz natürlich dazu kommen, dass du dich auch von deinem Königinnentum entfernen musstest, weil der Aggregatzustand auf der Erde ein anderer ist als hier. Doch jetzt bist du schon bald wieder auf deinem Weg zurück und es freut uns, dass du es bis hierhin mit Arthurus in meine Ebene des Kristallpalasts geschafft hast. Doch wir wollen noch viel mehr von dir. Darum setze dich immer wieder hin und gehe weiter mit deiner geistigen Schau, und deinen Arthurus nehme immer hübsch mit, denn er ist als „Vater der

Welt" wohlgestaltet an deiner Seite. Ich möchte dir hier auch noch sagen, dass du hier immer „Anthea" hießt und dein Mann auch der „Maßgeschneiderte" – „der von den urgeistigen Ebenen Maßgeschneiderte", aus dem Schöpferwillen geboren, so wie auch du, um für Gottvater zu Willen zu sein. "

Wieder wartet das Einhorn auf uns. Arthurus kann ich nun wieder schlechter wahrnehmen. Wir sind fast nur noch Pünktchen. Ich strenge mein Gehirn noch mehr an...

Die Burg endet. Über der Burg ist wieder azurblauer Himmel zu sehen.

Ich will trotzdem weitergehen. Arthurus willigt ein, mich auch noch weiter zu begleiten. Er macht das gerne. Es gibt keinen Widerstand, wie so oft auf der Erde unter Partnern. Wir verlassen das Einhorn und bedanken uns für seine liebe Begleitung.

Ich sage zu Arthurus, dass ich manchmal gar nicht mehr daran denke, dass er bei mir ist und mich begleitet, weil ich mich so auf den Weg konzentrieren muss und dass mir das leid tut, dass ich ihm dadurch sicherlich als sehr unhöflich erscheine. Doch er nimmt mir das nicht übel. Er sagt: „Das macht nichts, weil wir energetisch trotzdem zusammen gehören und einer immer im anderen ist."

Alles fließt. Alles ist Liebe. Alles ist für Gott und seine Urschöpfung und damit ganz einfach.

Die letzte Reise

Wir gehen höher und höher.

Plötzlich erkennen wir eine große Wolke über uns. Nach mehreren Anläufen sind wir fähig auf diese aufzuspringen. Auf der Wolke sitzt ein Mann, der sich uns als Josef vorstellt. Er sieht so ähnlich aus wie Gott auf Michelangelos Fresco „Erschaffung des Adams" aus der Sixtinischen Kapelle. Auch Michelangelo war ein Teil aus Arthurus geboren (wer mein Buch „Wighart der Ritter der Schwerter – Die Geschichte einer Seelenpartnerschaft über den Schleier hinweg –" liest, wird das Ende des Buches nun noch besser verstehen).

Dann geht es rechts an zwei Tischen an Adam und Eva vorbei, den ersten beiden auf der Erde inkarnierten Menschen überhaupt, denen ich meinen Respekt zolle, denn dazu brauchte man bestimmt sehr viel Mut. Natürlich weiß ich, dass wir miteinander verwandt sind, denn alle Menschen auf der Erde stammen von ihnen ab, so wie wir hier in der geistigen Welt alle von der Ur-ur-ur-Königin und dem Ur-ur-ur-König (diese dreimalig genannte Ur-Form soll als diejenige, die Gott am nächsten ist, verstanden werden) – und damit wiederum von Gott – abstammen. Sie übergeben uns beide einen Passierschein, mit dem wir weitergehen dürfen. Arthurus bekommt Eintritt in ein Zimmer, das direkt vor uns liegt und ich in ein anderes; gleich links daneben. Mir wird in diesem Zimmer – es scheint so, als wenn dort jemand sitzt, doch ich erkenne ihn nicht – gesagt: „Gehe wieder nach unten und alles andere wird sich einfügen; vor allen Dingen die Sache mit den „Müttern und Vätern der Welt", die du vorantreiben möchtest." Ich kann nur noch etwas hören, aber nichts mehr erkennen. Ich stehe in dem Raum und bin quasi blind. „Hier ist der unterste Bereich des reingeistigen Bereiches", wird mir noch zur Bestätigung meiner Blindheit erklärt, und ich soll jetzt das Buch über die Gralsburgen – mit allem, was ich bis jetzt aufgezeichnet und aufgeschrieben habe – in Angriff nehmen, damit die Menschen endlich *wieder* wissen, was es in Wahrheit mit der Burg und der Grals-legende auf sich hat. Und zugefügt wird: „Die Legenden können immer die Legenden um König Arthus, seine Gemahlin Guinevere, seine Schwester Morgaine, seinen Ritter Lancelot und den vielen anderen in

Camelot oder auch anderswo gewesen sein, nun ist es aber wichtig, das reine geistige Wissen von der richtigen Gralsburg wieder nach unten zu bringen."

Dann gehe ich vor die Tür und warte auf meinen Ehemann. Als Arthurus aus seinem Raum herauskommt, erzählt er, dass ihm gesagt wurde, dass es noch zu einem Polsprung auf der Erde kommen wird und dass alles noch viel schlimmer mit der Erde werden wird, als er es bis jetzt selbst gedacht hat und dass er dieses Wissen mitnehmen und in seine Arbeit an und für den Menschen einbauen soll. Ich frage ihn auch, welch einen Beruf er einnehmen würde, wäre er auf der Erde. Und er sagte ohne viel nachzudenken: „Sozialarbeiter", und ich kann ihn mir sofort als einen wunderbaren Streetworker vorstellen; nur ob seine Schützlinge ihn dann auch als König erkennen und ihn auch so behandeln würden? Jesus ist ja auch nicht erkannt und dementsprechend gut behandelt worden; von mir selbst will ich gar nicht mal reden. Ich erkenne mich ja selbst erst gerade immer mehr.

Ich beschließe dieses Buch nun schnell in Angriff zu nehmen, und ich bedanke mich bei Arthurus für seine wundervolle Begleitung.

Anhang zur Arthurusrunde (Fortsetzung von Seite 80)

Bevor ich mit diesem Buch beginne, ist es aber erst einmal an der Zeit, noch die anderen Personen aus der Arthurusrunde, in der ersten Gralsburg, herauszufinden. Ob mir das auch noch gelingt? Ich will es versuchen, denn ohne diesen Versuch ist das Buch nicht vollständig. Ich will mich aber auch nicht zwingen, wenn ich sie nicht alle erkenne. Dann muss ich mich wohl fügen. Ich glaube, das Buch ist auch so schon spannend genug und mit vielem neuen Wissen ausgestattet (das eigentlich das alte Wissen aus der alten Welt ist, als man noch leichter als heute mit den geistigen Welten in Verbindung sein konnte). Ich setze dafür wieder neue Religiosichtungen an und hoffe, dass es klappt ...

Es klappt!
Ich komme erneut in den Saal der Tafelrunde. Ich bin froh, es geht weiter mit meiner geistigen Schau:

Damian, Jesus und Rainier kenne ich ja bereits.

Von Arthurus Thronsitz aus gesehen, sehe ich neben Jesus nun eine weitere Person sitzen. Sie stellt sich mir vor. Sie heißt Francesco. Francesco sagt zu mir, dass er Jesus als sein Sohn und Helfer beiseite gestanden hat, denn keiner kann alles allein schaffen und auch eine Lebenszeit ist oft zu wenig, um allein Gottes Willen auf die Erde zu bringen.
Er wirkt wie um die zwanzig Jahre alt aussehend. Er hat viele dunkle Locken und sieht seiner Mutter Maria ähnlich. Francesco hatte seinen Vater Jesus auch auf seinen langen Fußmärschen in Mesopotamien begleitet.

Neben Francesco kann ich nun endlich die nächste Person ausmachen. Sie stellt sich mir mit dem Namen Pierre vor. Pierre sagt mir, dass er derjenige Petrus war, der in Rom die katholische Kirche begründen sollte, dass es Gott wichtig gewesen war diese Kirche als ein Abbild der geistigen Welt von oben nach unten zu bringen. Ich erkenne den Zusammenhang der gleichen Namensbedeutung von Petrus und Pierre = Fels/Stein und wieder einmal, wie wichtig es für uns Gralsburgbrüder und -schwestern ist, dafür da zu sein, um das Wissen aus der geistigen

Welt auf die Erde herunterzubringen und dafür auch immer wieder mal auf die Erde hinabzusteigen. (Wir sind im Gegensatz zu den Erdgeborenen nicht Aufgestiegene, sondern Herabgestiegene!)
Er untermauert seine Aussage, dass er in Italien gewesen war, noch einmal damit, indem er zu mir sagt, ich soll mir seine Füße ganz genau ansehen. Ich sehe hin und sehe die speziellen Sandalen, die man zu dieser Zeit in Italien getragen hat und lasse mir das, indem ich unter dem Thema „Römersandalen" verschiedene Internetadressen anklicke, auch noch einmal bestätigen. Ich versuche sein Gesicht genauer zu erkennen. Das fällt mir noch schwer.

Pierre/Petrus ist sehr humorvoll mit mir. Er sagt, dass ich ihn am Bart zwicken soll, dann würde ich ihn schon besser erkennen können. Das ist klug von ihm, denn dadurch muss ich mein Gesicht ganz nah an seines heranbringen. Auch er hat dunkles gewelltes Haar. Jedoch ist es schon leicht grau meliert. Auch er ist – so wie Jesus – so um etwa fünfzig Jahre alt. (Wobei man das geistige Alter in der geistigen Welt nicht ganz mit dem irdischen vergleichen kann – und doch weist das gezeigte Alter immer eine Analogie zur seelischen Reife auf).

Jesus hat ihn, so erklärt mir Pierre weiter, ganz bewusst auf der Erde mit seinem – wenn auch in italienischer Sprache – Arthurusrundennamen angesprochen (Pierre = Petrus in italienisch), um ihn an seine göttliche Aufgabe zu erinnern – das Wissen aus der Gralswelt auf die Erde zu bringen und eine Kirche dafür entstehen zu lassen!!!* (Die Übersetzung seiner untenstehenden Worte hätte vielleicht besser heißen sollen: „Mit dir, Pierre/Petrus du Fels (aus der Arthurusrunde in der geistigen Gralsburg), kann ich darauf bauen, dass Du meine Kirche auf die Welt bringst.")

---

* aus http://de.wikipedia.org/wiki: „Nach Mt 16,18 EU beantwortete Jesus Simons Christusbekenntnis mit einer besonderen Zusage:
„Ich aber sage dir: Du bist Petrus und auf diesen Felsen [griech. petra] werde ich meine Kirche [ecclesia] bauen und die Mächte [pulae, wörtlich Tore] der Unterwelt [hades] werden sie nicht überwältigen." Dieser Vers ist im NT einmalig. Umstritten ist bis heute u. a., ob es sich um ein echtes Jesuswort handelt, wann und warum es entstanden ist, woher die einzelnen Ausdrücke stammen, und was sie hier bedeuten..."

Petrus war vorher Simon genannt. Und welch ein wunderschönes Bauwerk ist mit dem Petersdom* über seinem Grab enstanden, dass den Begründer der katholischen Kirche nie vergessen hat und ihm und damit auch der geistigen Welt alle Ehre erweist – und so war es auch aus der Gralswelt gedacht, die Gott zur Erfüllung seiner Evolutionswünsche beiseite steht! Dass in der katholischen Kirche – im Sinne der Gralsburg – nicht alles richtig lief, ist eher dem Umstand zu verdanken, dass der Mensch eben nur ein Mensch ist. Dass die katholische Kirche Eingeweihtenwissen hat, das sie nicht ans gemeine Volk, noch an ihre niederen Kirchendiener, weitergibt, liegt damit auch auf der Hand. So halten es auch – nicht ohne Grund – andere Religionsbünde (siehe auch mein Hinweis zu dem Wissen der Freimaurer über die „Königin der Nacht", Seite 131).

Fünf Personen in der Arthurusrunde sind mir nun bekannt. Ich setze weitere Sitzungen an, um die anderen auch noch erkennen zu können.

Die sechste Person, die ich in der Arthurusrunde entdecke, ist Johannes. „Ich war Johannes der Täufer und habe mit Jesus Taufe darauf hingewiesen, dass es ihn überhaupt gibt", sagt er. Er sieht fast ein wenig germanisch aus. Sein Kopf ist eckig und kantig, und er sagt mir, was ich aber auch schon im selben Moment wusste, dass er in einem seiner Leben auch Johann Sebastian Bach gewesen war. Nach der Bibel taufte Johannes Jesus am Jordan und wurde auf Befehl von Herodes Antipas enthauptet. Johannes soll auch der Verfasser des Johannisevangeliums sowie der geheimen Offenbarung, der Apokalypse und der drei Johannesbriefe gewesen sein. (Auf Leonardo da Vincis Abendmahlbild erscheint Johannes sehr zart, fast weiblich, weshalb auch Gerüchte darüber kursieren, dass er damit eigentlich Maria Magdalena abgebildet hat. Jedoch kann man davon ausgehen, dass Leonardo da Vinci kein Seher war und sich bei der Herstellung des Abendmahlbildes streng an die Aussagen der Bibel gehalten hat).

* aus www.katholisch.de/644.html: „Der Petersdom ist an der Stelle errichtet, an der der Apostel Petrus im Jahr 64 nach Christus im Rahmen der römischen Christenverfolgungen gekreuzigt worden sein soll. Über dem Petrusgrab wurde bereits im Jahr 324 von Kaiser Konstantin eine fünfschiffige Basilika errichtet..."

Daneben sitzt Lukas. Er ist blond und hat sehr feines Haar. Er ist auch körperlich nicht besonders kräftig. Der Stuhl, auf dem er sitzt, wirkt ein wenig zu groß für ihn. Sein Bart besteht nur aus zartem Flaum. Er sagt, dass er auch in seinem Leben auf der Erde sehr zart gewesen war. Lukas machte zur Verkündigung des Evangeliums mehrere Reisen zusammen mit Paulus. Man sagt ihm auch nach, dass er in der Medizin sehr bewandert war. Auch er sollte das Werk Jesus – das Gralsrundenwerk – nicht in Vergessenheit geraten lassen. (Nach kirchlicher Überlieferung ist er der Verfasser des Lukasevangeliums und der Apostelgeschichte und auch der Maler der Lukasbilder.) Auch Lukas lebte, wie Petrus, nach Jesus Tod.

Als siebter kommt Rainier, der für mich die Worte zum Gral, siehe Seite 29f, durchgegeben hatte. Er hat mittelblondes und leicht grau meliertes, kurz geschnittenes Haar und ist von mittelgroßer und etwas breiterer Struktur. Er hat ein sehr sympathisches und liebevolles Gesicht. Er sagt, dass er für den Ausgleich da ist, wenn die Stimmung in der Arthurusrunde einmal absackt und dass er allein mit Arthurus berät und entscheidet, wenn man in der Runde mit seinen Entscheidungen, wieviel vom kosmischen Wissen per Gral auf die Erde kommen soll und darf (letzteres ist abhängig von der Aufnahmebereitschaft der Menschen!), einmal nicht mehr weiterkommt und zu viele Meinungsverschiedenheiten im Raum hängen Diese Position hat er inne, weil er in der Mitte der Arthurusrunde zu sitzen gekommen ist. Sechs zu seiner linken und sechs (mit Arthurus) zu seiner rechten Seite und deshalb ist er auch derjenige, der den Namen „Rainier", mit der Namensbedeutung „Rat" tragen darf. Er sagt mir, dass er etwas von mir und meiner Position in der Is–Burg inne hat, da ich ja auch immer wieder die Emotionen der Menschen auszubalancieren habe. (Ob auch er als Apostel inkarnierte, konnte ich nicht in Erfahrung bringen.)

Andreas, der nächste der Bruderschaft, ist wieder robuster anzusehen, auch er hat ein kantiges Gesicht, wie Johannes. Auch er trägt einen Bart und hat dunkles Haar. Er sagt, dass er zur Auflockerung mit seinen Späßen in der Runde alles auf einen Punkt bringt, wenn Gezänke droht, dass er sich aber dennoch oft zurückzieht, wenn es um echte Entscheidungen geht und dass er diese lieber anderen überlässt. Man könnte ihn auch als Hofnarren bezeichnen.

Dann kommt Levi. Auch er war ein Wanderprediger, aber oft krank, sagt er.
Er kam oft von weit her und suchte Jesus immer wieder auf, wenn der in seiner Wanderpredigerschaft immer wieder mal eine Pause einlegte. Er war ein stärkerer Vertreter der alten Zeit und er tat nie etwas blauäugig. Entscheidungen zu treffen war für ihn zweitrangig – er hatte auch eine Frau, die sehr hübsch war. Sie war auch seine beste Beraterin.

Dann erscheint mir Paulus. Man sagt, er hat Jesus auf der Erde nie gesehen. Er verbreitete sein Werk aber nach Jesus Tod so, dass das Christentum wie ein Schneeballsystem anwachsen konnte und das war den Gralsbrüdern wichtig, um die Geschichte um Jesus nicht vollkommen in Vergessenheit geraten zu lassen. Auch er hat dunkles grau meliertes Haar wie Pierre/Petrus. Er war durch viele Länder gepilgert. Er hat eine große Muschel vor sich auf dem Tisch, deren Bedeutung ich nicht verstehe. Steht sie in Verbindung mit dem Meer? Dieser Gedanke kam mir zuerst. Oder ist die Muschel hier als ein Pilgerzeichen gedacht? Obwohl es sich um eine Muschel mit einem Schneckengehäuse für eine Meeresschnecke handelt und nicht um *die* Austernmuschel, die auch heute noch bei der Pilgerreise nach Santiago de Compostela eine Rolle spielt. Steht die Muschel für Verletzlichkeit? Sie war aber auch einmal als ein Zahlungsmittel anerkannt. (Er soll bei seiner umfangreichen Missionstätigkeit verhaftet und nach Rom überführt und dort enthauptet worden sein. Von ihm stammen die Paulusbriefe.)

Noch zwei Personen – Brüder – stehen aus, die ich erkennen muss. Jetzt muss ich mich dafür besonders leer halten, um meine Sichtung nicht zu beeinflussen. Ich versuche mich weiterhin von den Namen der Apostel in der Bibel nicht zu sehr beeinflussen zu lassen.
Dann höre ich Chariot. Ich denke zuerst an die Bedeutung: Triumphwagen. Auch dazu gibt es einen Bezug zur biblischen Geschichte, in der Elias am Ende seines Lebens über den Fluss Jordan ging, dessen Wasser sich vor ihm teilte, damit er trocken auf der anderen Seite ankommen konnte. Danach holte ihn ein zweirädriger Chariot ab und fuhr mit ihm zum Himmel hoch. Oder war damit Judas Iskariot (Iskariot = Der Mann aus dem Orte Kerioth), auch Ischarioth geschrieben, gemeint? Der Verräter, der nach der biblischen Geschichte noch vor Jesus Tod Selbstmord beging, und ich hatte das „Is" nicht gehört? Er sagt mir, dass er für

sich immer nur wenig hatte und sehr um sein Überleben kämpfen musste. (Andere Schriftenauslegungen sprechen davon, dass Judas Iskariot ein treuer Jünger gewesen war und dass Jesus nicht von ihm, sondern von einem Pharisäersohn mit dem ähnlich klingenden Namen Juda Iharioth verraten wurde.)*

Der zwölfte Bruder der Arthurusrunde nennt sich Amon (Amon = "Sohn meines Volkes"; auch ein ägyptischer Sonnengott trug diesen Namen). Der Name steht auch für treu und zuverlässig. Er ruht sehr in sich. Welch weiterer römischer Name ihm noch zugeschrieben werden kann, bekomme ich nicht heraus, auch nicht, ob er in einer Inkarnation der von mir eben genannte Sonnengott gewesen war. Auch er ist dunkelhaarig und seine Haare sind leicht gewellt. Auf der Erde wäre er so etwa um vierzig Jahre alt. Ob er es war, der später Matthäus genannt wurde, wurde mir von ihm nicht gesagt. Matthäus schrieb sein Evangelium etwa achtzig Jahre nach Christus.

Die beiden letztgenannten waren für mich nur noch schwer erkennbar.

Meiner Meinung nach hielten sich – und halten sich noch immer – alle von mir herausgefundenen Brüder der Arthurusrunde immer wieder für ein archetypisches Spiel auf der Erde bereit, um die Evolution im Sinne Gottes vorantreiben zu können. So ist es auch um das Jahr Null geschehen. Und so geschieht es jetzt um das Jahr 2012 durch das Auftauchen großer Avatare wieder. So ist auch Judas Verrat als ein äußerst wichtiges Spiel in diesem kosmischen Gefüge zu verstehen. Oft hatte ich auch gedacht, dass Damian diese wichtige Rolle des Judas inne gehabt haben müsste.

Mir wird noch einmal zu verstehen gegeben, dass das Gleichnis der zwölf Apostel für die Bibel nicht nur aus der damaligen Realwelt, sondern auch von Sehern aus der Arthurusrunde der geistigen Gralsburg genommen worden war – dass es quasi zu einer Vermischung von beiden gekommen war – und dass der Begriff „Mitstreiter" besser gesetzt

---

* aus dem Buch: Unterscheidung, Joachim Finger, Jesus – Essener, Guru, Esoteriker? M. Grünewald Verlag, Mainz, Quell Verlag, Stuttgart

gewesen wäre, **weil in der Arthurusrunde keiner unter dem anderen steht.** Jeder hat eine wichtige Position gesetzt bekommen, damit er mit seiner speziellen Fähigkeit, die Menschen in ihrer Entwicklung anzuregen und damit Evolution zu gewährleisten, gerecht werden kann. Jesus hatte zu seiner Zeit auf Erden eine etwas dominantere Rolle zugeschrieben bekommen, Arthurus als King Arthur 500 Jahre später.

Auch hatte ich schon Jahre zuvor mehrere Sichtungen, die mir, quasi in Vorbereitung auf dieses Buch, aufzeigen sollten, dass es aus der geistigen Welt auf die Erde implantiert, immer wieder Auflagen der Gralsburg- und Arthur(us)rundengeschichte gab, damit die Menschen nie vergessen sollen, dass es den heiligen Gral und seine Tafelrunde überhaupt gibt. (Auch die von König Ludwig von Bayern II., errichtete Burg Neuschwanstein ist als eine Gralslegende reloaded zu verstehen..)* Diese Sichtungen beinhalteten auch die Gralslegende, die um das 5. Jahrhundert herum spielt. Diese Bilder spielten sich für mich in der Bretagne ab. Siehe auch Seite 125, in der ich von so einer Sichtung bereits geschrieben hatte, dass Arthurus auf seinem Thronsessel saß und mir zuzwinkerte, „weil" (Zitat) „er mir da schon unbedingt sagen wollte, dass er der König der Arthuslegende und der Apfel-(Paradies-)insel Avalon ist und dass wir beide ein Band für immer haben – und ich das fast nicht glauben konnte." Und darum sollte die letzte irdische Gralsburg m.E. nach auch in der Bretagne gesucht werden. Vielleicht schaffe ich es, den richtigen Ortsnamen noch herauszufinden, denn schließlich hatte ich dort mit ihm gelebt. Es wird aber noch eine oder mehrere *irdische* Reisen von mir dahin benötigen, die ich erst nach Veröffentlichung des Buches machen kann.

* Wir können davon ausgehen, dass es innerhalb der Geschichte der Menschheit noch viele andere Formen der Bewusstseinsanhebung gab, so weist auch die Geschichte um Krishna große Ähnlichkeit zu Jesus Leben auf, und auch die Zeit der Renaissance kann für ein Beispiel herhalten. Durch die Geburt vieler Ausnahmekünstler in Italien – wie schon auf Seite 141 mit meinem Beispiel Michelangelo erwähnt, der eine Seelenkopie Arthurus gewesen war – konnte die Kultur in Italien, aber auch in ganz Europa beeinflusst werden. Heute ist es die Technik, die uns eine Evolutionsanhebung ermöglichen soll. Wenn die Priesterin Morgaine von Avalon früher ins Wasser sehen musste, um über jemanden etwas zu erfahren, so können wir das heute über Bildkommunikationsmedien tun, ohne überhaupt etwas von Mystik und Religio verstehen zu müssen.

Skizze aus meiner gesichteten Arthurusunde, © die Autorin:

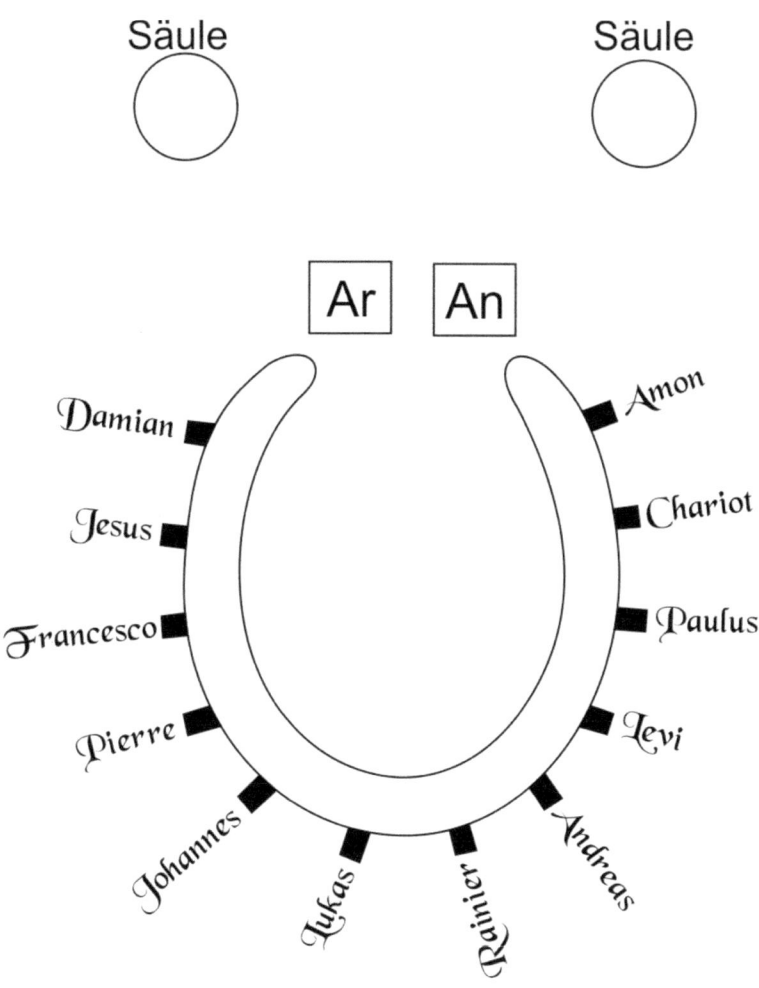

Zur Gegenüberstellung „ Das Abendmahl von Leonardo da Vinci", 1452-1519, das eine
völlig andere – eher von Kirchenbüchern vorgegebene – Anordnung aufweist.
Aus: http://de.wikipedia.org/wiki/Das_Abendmahl_%28Leonardo_da_Vinci%29

Von links in Dreiergruppen aufgeteilt erscheinen dort zuerst:
Bartholomäus, Jakobus und Andreas.
Danach Petrus, Judas und Johannes.
Dann Jesus in der Mitte
Nach rechts folgen Thomas, Jakobus und Philippus
Ganz rechts Matthäus, Thaddäus und Simon

Nachwort

Nun habe ich es doch geschafft, die zwölf Namen der Personen in der geistigen Arthurusrunde zusammenzubekommen. Ich hatte nie sehr viel über die zwölf Apostel an Jesus Abendmahltisch gewusst – und das war gut so, weil ich mich dadurch nicht von deren Namen und deren Bedeutung habe zu sehr ablenken lassen. Es ist immer besser, wenn man für eine Sichtung fast ganz leer sein kann. Als meine erste Sichtung mit Jesus und Damian an dem Arthurusrundentisch begann, war ich mir schon schnell sicher, dass es bei der Suche nach den einzelnen Personen in der Arthurusrunde nicht nur um die Gralsburgrunde, sondern auch um Jesus und seine Apostel auf der Erde von vor 2000 Jahren gehen würde. Dass sie quasi eins sind.

Immer wieder haben sich die Ritter der Arthurusrunde aus der geistigen Welt unselbstsüchtig dafür zur Verfügung gestellt, mit ihrer Arbeit Kultur und Hoffnung auf die Erde zu bringen und damit ihren Print, ihren Stempel – ein Abbild der Gralsburg – für die Menschen zur Fortentwicklung zu setzen. Das taten sie nicht nur, indem sie immer für Gott da waren und Anpassungen für die Erdevolution mittels verschieden großer Grale vornahmen, sondern auch, indem sie für ein ganzes Leben vereinzelt oder auch als ganze Gruppe inkarnierten. Dabei darf man sich das nicht so vorstellen, dass damit die Arthurusrunde für diese Zeit leer blieb. Es sind immer nur Kopien aus ihrem Urgeist – ihrem Urprint –, die auf der Erde als Einfließung ihres Geistes auftreten. Man darf auch nicht vergessen, dass die Brüder aus der Arthurusrunde auch als Wiedergänger auftreten und sich so auch immer von Zeit zu Zeit unter die Menschen mischen können und damit ein ganzes Leben nicht immer zu durchlaufen haben, so wie es Arthurus als der bekannte Wiedergänger Graf von St. Germain getan hat. Was mich auch sehr beeindruckt hatte, war, dass es alle geschafft hatten, in ihren Inkarnationen so auszusehen, wie in der Arthurusrunde in der geistigen Welt. Jesus ist nur ein Beispiel dafür, der genau so in der geistigen Welt aussieht wie in seinem Leben auf der Erde und auf dem Turiner Grabtuch (schon als Kind erinnerte ich mich daran, wie Jesus ausgesehen hatte.) Daraus kann man sehen, dass es auch die Seele ist, die den Körper mitgestalten kann; das geschieht insbesondere bei alten Seelen, die haben die Erfahrung dafür.

Walisische Namen, wie sie in britannischen Erzählungen um König Arthus und den heiligen Gral vorkommen wie:

Lancelot, Gawain, Tristan, Galahad, Kaie, Iwein, Bors, Mordred, Erec, Parzifal und Gareth,

kamen in meinen Sichtungen nie vor. Auffallend ist, dass einige in der Gralsrunde italienische Namen tragen, die mit den genannten Aposteln in der Bibel deckungsgleich sind. Darüber war auch ich überrascht – hatte ich doch eher ausschließlich hebräische Namen erwartet (dass Jesus Sitz am Arthurusrundentisch ist, hatte mich ja auch völlig überrascht, ja eigentlich sogar umgehauen).

Und warum hat auch Arthurus einen italienischen Namen? Ist die himmlische Gralsburg topografisch stark auf Italien bezogen? Und musste darum der Hauptsitz der katholischen Kirche – als eine Art Kopie der Gralsburg – auch in Italien installiert werden – und so auch später in der Renaissance eine große kulturelle Rolle spielen? Eigentlich lässt sich das mit meinen Sichtungen schon klar mit einem „Ja" beantworten.

Diese Fragen und die sich daraus notwendigerweise ergebenden neuen Fragen zu klären, würde den Rahmen dieses Buches sprengen. Ich kann auch nicht alles auf einmal abfragen – dafür reicht selbst ein langes Leben nicht – und so verlasse ich mich auf meine klugen Leser und Leserinnen, die sich darüber auch ihre Gedanken machen und nun noch mehr empfinden werden, dass alles „so oben so unten ist" und ich verlasse mich auch auf diejenigen, die gute Seher sind und mein Wissen durch eigene Rückbindungsversuche verifizieren und auch komplettieren wollen. Aber eines würde ich dazu noch gerne vermerken: Das mit der Bibel die Apostelgeschichte um Jesus aufgeschrieben werden konnte, haben wir nicht nur einigen Aposteln (Gralsbrüdern) selbst zu verdanken, die mit ihm lebten oder erst nach seinem Tod ganz bewusst inkarnierten oder nur mal kurz als Wiedergänger auftraten, um an ihn die Erinnerung wach zu halten, sondern auch den sehr guten Sehern, die ihr mystisches Geheimwissen durch ihre Religiofähigkeit erworben und es durch die vielen Jahrhunderte immer mal wieder preisgegeben hatten. Wir haben es aber auch den Menschen zu verdanken, die diesen Sehern glaubten;

ihre Geschichten weitertrugen oder auch aufschrieben – so war es ja auch mit der Legende um die Gralsburg geschehen.

Die Zahl der Ritter in den Legenden war nicht immer nur auf zwölf Personen begrenzt. Die Tafelrunde, die in der Kathedrale von Winchester gezeigt wird, hat 24 Plätze.* Auch auf dem übernächsten Bild** – einer französischen Handschrift des 14. Jahrhunderts – sind mehr Ritter als zwölf zu sehen; andere französische Legendenaufzeichnungen sollen sogar von über tausend Rittern sprechen.

*http://upload.wikimedia.org/wikipedia/commons/b/b4/Winchester_RoundTable.jpg

**„Der Gral in der Mitte von Artus' Tafelrunde", französische Handschrift des 14. Jahrhunderts von http://de.wikipedia.org/wiki/Heiliger_Gral

Auch, wenn ich es geschafft habe, die drei Burgen – die Gralsburg, die Is-Burg und den Kristallpalast – zu durchlaufen und damit viele Erkenntnisse neu auf die Erde zu bringen, quasi eine Gralsburglegende reloaded zu erschaffen, so ist von mir aber noch einmal anzumerken, dass sich diese drei Burgen *mehr in Menschen- als in Gottnähe* befinden. Da nach Hermes Trismegistos aber „alles oben wie unten ist", können diese drei Burgen auch als ein mehrfach kopiertes System aus den allerhöchsten Lichtburgen – ich spreche von den für uns unsichtbaren, letzten Burgen, die sich in direkter Nähe zu Gott befinden –, verstanden werden. Und weil das so ist, zwang sich mir auch schon schnell der Gedanke auf: Wenn im Himmel, in den Gralsburgen, von Gott dem Superdesigner ein System installiert wurde, mit dem die Bewohner ihm dienen können und sollen, ob dieses System nicht auch für die Erde Gültigkeit haben sollte? Ja, dass dieses System sogar in der Zukunft von uns für eine Erderrettung benutzt werden könnte?

Wir alle sprechen davon, dass wir in eine Neue Zeit eintreten und viele Menschen haben Angst davor, dass die apokalyptischen Visionen für diese Neue Zeit ab dem Jahr 2012 real werden könnten.

Doch Angst allein schafft noch keine Besserung. Auch wir könnten für die Zukunft eine, oder noch besser, viele Arthurusrunden auf die Erde bringen, um zu mehr Gerechtigkeit und Frieden zu gelangen, denn die Arthurusrunde am ovalen Tisch steht für mehr Gerechtigkeit als alle unsere politischen Systeme zusammen, weil sie eine spirituelle Runde ist, die sich bestimmter heiliger Vorgaben bedient, die es immer zu erfüllen gilt und damit nie korrumpierbar ist. Es sind die reinsten entwickelten Wesen, mit denen wir es in der Gralsburg und den zwei weiteren höher gelegenen Burgen, der Is-Burg und dem Kristallpalast, zu tun haben, denen wir nachfolgen sollten. Wie könnte das für uns aussehen? Wir könnten auch hier bei uns auf der Erde Arthurusrunden aus spirituell hoch stehenden Menschen installieren und diejenigen, die dafür eine Bruderschaft – und warum nicht auch eine Schwesternschaft? – bilden, in Persona direkt an die Brennpunkte der Welt schicken; so wie man die Brüder der Runde immer wieder zu uns nach unten schickte und noch immer schickt, damit uns geholfen werden und eine geistige und kulturelle Anpassung an unsere jeweiligen politischen, sozialen und kulturellen Umstände vorgenommen werden kann. Direkt jemanden aus der

Runde zu schicken, macht einen anderen Sinn, als Abgeordnete dafür heranzuziehen. Wer sich direkt in ein System und eine Sache eingibt, bekommt ganz andere Erfahrungen, als wenn ein Abgeordneter oder eine Abgeordnete von seinen/ihren Erfahrungen erzählt und diese Erfahrungen dann von Entscheidungsgremien dafür herangezogen werden, um neue Gesetze, Richtlinien o.ä. zu erlassen. Jesus gab sich auch selbst mit seinen ganzen Sinnen ein, um den Ansinnen Gottes zur Kulturerhöhung auf der Erde, gerecht zu werden. Man stelle sich vor, unsere Kanzlerin (z.Zt. Angela Merkel) müsste für drei Monate mit Hartz IV auskommen und drei Kinder großziehen! Das wäre doch eine wunderbare Erfahrung, die sie machen könnte. Dann würde sie Entscheidungen des Familien- und Arbeitsministeriums ganz anders sehen. Man stelle sich vor, sie wäre schwanger geworden und hätte niemanden gehabt, der ihr hilft und sie wäre selbst an dem Punkt angekommen, darüber nachzudenken, ob das Kind nicht lieber abgetrieben wäre. Wäre solch eine Kanzlerin nicht besser als eine, die sich mehr für Fußballer und Wirtschaftsmännerbünde interessiert?

Schon in meinem Buch „Briefe an die Weltenbürger", diktiert von meiner mich seit vielen Jahren führenden Erzengelin LILA, der ich mit dem Namen meines Verlages ein wirkungsvolles Denkmal setzen wollte, war von diesen Vorgaben, genannt: „Die Perlen von Shambhallah",* die Rede, und es war darin auch davon die Rede, dass wir zukünftig die Art von Politik und Politiker nicht mehr haben sollten – und wohl auch nicht mehr haben werden –, mit denen wir es heute noch zu tun haben.

Wir sind – während ich diese Zeilen für das Buch schreibe, ist es Februar 2012 – an einem Punkt angelangt, an dem politische Wertesysteme vom Bürger mehr denn je hinterfragt werden müssen; ob diese

---

* Shambhallah ist *ein* Ort im Himalaya (es gibt viele Orte davon) der Hüter der Erde. Diese Hüter haben Regeln, nach denen sie alle ihre Vorhaben befragen. Sie lauten: „Befrage alle Dinge, die du entscheiden musst, danach, ob sie die Bedingungen: Wahrheit, Schönheit, Liebe, Glück und Gesundheit erfüllen." Und wenn man die auf diese Perlen begründete Entscheidungen auch noch nach der Indianerweisheit abwägt, ob sie auch noch unseren Kindern bis ins siebte Glied dienlich sind, dann kann uns eigentlich nichts mehr passieren. Kernkraftwerke und Atombomben u.a., wären nach diesem Beispiel nie gebaut worden.

Wertesysteme uns noch dienlich sind und ob wir Politiker wirklich noch brauchen? Jeden Tag erhalten wir durch die Medien Hiobsbotschaften zu Finanz-Krisen, Staatspleiten, Kriegen in der Welt, Umweltverschmutzungen und Verbrechen, Kindstötungen aus Geldmangel und Burn-out-Gründen u.v.a.m. Unsere Politiker sind zu Marionetten geworden, die nur noch reagieren, aber nicht mehr regieren; die sich auch nicht mehr unter das Volk mischen und dessen eigentliche Probleme verstehen (wollen!!!). Sie sitzen nicht mit den seit Jahren andersdenkenden Menschen zusammen, die sich auf allen Sparten ein kluges und spirituelles Urteil gebildet und vor allen Dingen ihr eigenes Leben danach angepasst haben.

Immer wieder haben sich Menschen mit guten Ideen zusammengefunden und viel Mühe und auch oft ihr eigenes Geld in die Umsetzung ihrer Visionen gesteckt. In diesen Kreisen wurde in den letzten zwanzig Jahren vieles versucht neu zu sehen, aber auch alte Werte zu erhalten. Dabei kam es zu vielen wunderbaren Zukunftsvisionen und Phantasien, aber auch leider noch viel Streit untereinander (weil die notwendigen heiligen Vorgaben, wie die genannten Perlen von Shambhallah z.B. dafür fehlten) und viel zu oft zu einem frühen Aufgeben ihrer Aufgabe, weil ein Burn-out sie letztlich dazu zwang. Keiner kann die Welt verändern und gleichzeitig am Strang eines Kapitalwesens hängen, das ihn zu einem Sklaven macht.

Wir werden zurzeit von Politikern regiert, die sprachlich stark, aber fachlich nicht genug versiert sind. Minister und Ministerinnen können von heute auf morgen ihr Ressort wechseln wie ein Chamäleon sein Kleid, vom Wirtschaftsministerium zum Verteidigungsministerium oder vom Familienministerium ins Arbeitsministerium. Sie machen sich nicht durch ihr eigenes Können zu Alleskönnern, sondern durch die Wahl in ein Amt und müssen sich durch ihren Beamtenstab – manch einer dieser Beamten könnte den Ministerposten besser ausfüllen – erst einmal dabei helfen lassen, sich in das neue Ressort einzufinden. Um ihr „Können" unter die Menschen zu bringen, brauchen sie nur ihre Sprachrhetorik auf das Ressort zugeschnitten anpassen, damit sie für das Volk stark genug erscheinen. Oft erscheinen aus dem Munde dieser Leute nur noch Sprachhülsen und Schlagworte (gut gelernt in Rhetorikkursen), die entweder inhaltslos sind oder mit Härte, Angstmacherei und restriktiven

Gesetzen das Volk immer mehr einschränken sollen, weshalb viele Minister ihr Amt verlassen, ohne je etwas Positives, Wichtiges und Inhaltsreiches ausgeführt zu haben – der Bürger zahlt es ja.

Ich hatte schon auf Seite 132 anklingen lassen, wie wichtig es dem Kosmos ist, dass *jetzt* mehr „Geheimwissen" unter die Menschen gebracht wird, und dass man dieses in seinen Alltag integrieren und sich zur Vermehrung des Wissens, der verschiedensten Religiotechniken bedienen sollte. Dieses Buch über „Die Arthuslegende reloaded", soll auch ein Weckruf sein, um viele Menschen dazu anzuregen, sich auch wie ich mittels Religiotechniken in die Gralsburg zu begeben und ihre Hüter selbst kennenzulernen, um dann mit ihrem neuen Wissen für die Neue Zeit ein Netzwerk von hier unten nach oben in die drei Burgen aufzubauen. Es ist so wichtig für die Neue Zeit, dass nicht nur ein Kontakt von oben zu uns nach unten hergestellt wird, sondern, dass der dringlichste Wunsch in uns entsteht, diesen auch mit größtem Respekt von uns unten nach oben zu wollen.

Und weil darüber Arthurus am besten etwas sagen kann, gebe ich ihm nun zum Schluss das Wort:

„Ich habe nie Kriege geführt und ich habe es nie ausgelassen, immer das Beste für die Menschheit zu tun und zu wollen. Als der Wiedergänger St. Germain (und mit vielen anderen Namen) bin ich deshalb immer wieder Menschen erschienen, um ihnen bei der Verwirklichung ihrer Pläne behilflich zu sein oder sie auch nur daran zu erinnern, dass es mich und unsere Bruderschaft gibt und dass sie nicht allein dastehen. Dafür wurde ich für die geistige Welt geboren, um die Wahrheit zu bringen. Und wenn ich wieder einmal auf die Erde kam, um Besseres zu wollen, dann hat das nicht nur mir gut getan, sondern auch meinen zwölf Brüdern aus meiner Arthurusrunde, mit denen ich immer die besten Maßnahmen diskutiert habe und auch darüber diskutiert habe, wer jetzt wieder von uns heruntergeht, um unsere Stellung einzunehmen. Nicht alle sind immer dafür in einem Körper als Baby wiedergeboren worden – vielmal sind wir alle nur als Wiedergänger aufgetreten.
Das körperliche Inkarnieren liegt uns nicht so sehr; wir wollen alles friedfertig ausführen und da ist es leichter auch immer wieder verschwinden zu können. Du hättest es auch leichter, wenn du immer Mal nur kurz für die Menschheit

auftreten könntest und dich nicht ein ganzes Leben ums eigene Überleben kümmern müsstest. Darin liegt für euch eine große Falle.
Aber ich sage euch: Ihr könntet ein wunderbares Leben leben, wenn ihr mit uns zusammen am gleichen Strang im kosmischen Spiel ziehen würdet. Stattdessen fühlt ihr euch immer mehr allein gelassen und dieses Alleingelassensein hat bei euch zu einer derartigen Entzweiung von uns geführt, so dass ihr nun wirklich allein seid. Selbst dann, wenn ihr etwas über Religio wisst, seid ihr zumeist nicht bereit sie zu erlernen und auszuführen. Bevor ihr euch müht, haltet ihr lieber etwas für Hokuspokus. Außer die Sache mit der Arthuslegende und dem heiligen Gral richtigzustellen, ist die Sache mit der Rückbindungsmöglichkeit zu uns der zweite hauptsächliche Sinn dieses Buches gewesen – euch wieder die Augen für uns zu öffnen, ist uns wichtig gewesen!
Arbeitet mit uns: Seht uns – unsere Bruderschaft – als die modernen Lehrer eurer Zeit an, damit ihr wieder fertig werdet mit den Dingen, die ihr auf der Erde in eine Schieflage gebracht habt. Keiner kann von euch noch alles allein richten. Auch ihr braucht Arthurusrunden, um eure Welt wieder neu zu beleben, und wenn ihr das immer mehr wollt, dann werden auch wir uns wieder von Mal zu Mal unter euch mischen und euch dabei helfen, die Welt zu einem besseren Ort zu machen.

*Es ist doch so, heute denkt ihr, wenn ihr nur immer wieder Neues erfindet, dass ihr damit die Welt ändern und retten könnt. Ihr genmanipuliert euer Essen und behauptet, das zur Ernährung der Weltbevölkerung zu benötigen, ihr seid ja so viele Menschen geworden (anstatt die Anzahl der Menschen zu reduzieren!!!). Ihr manipuliert das Leben eurer Tiere zu Mast- und Versuchstieren, deren Leben dadurch kein Leben mehr ist, weil ihr glaubt, nur so überleben zu können (anstatt aufzuhören Tiere zu essen, was euch nur krank werden lässt, und euer Medizinsystem in ein heiliges System zu verändern). Eure von euch sogenannte moderne Welt ist keine fortschrittliche Welt, sie ist auch keine rückschrittliche Welt, denn die wäre ja der Schritt in die richtige Richtung, sie ist bereits eine **überschrittliche Welt (ihr habt das Maß bereits überschritten!) – eine Welt, die immer grausamer geworden ist und weiterhin noch grausamer werden wird, wenn ihr allen den Menschen, die daran beteiligt sind, nicht Einhalt gebietet.***

Also setzt euch hin und erschafft meine Arthurusrunde, und meine Anthea weiß bereits wie sie das machen wird. Das habe ich ihr auch mit diesem Buch so nach und nach in ihr Herz gepflanzt. Sie wird endlich eine Schulung – ihre Universität für die Neue Zeit – gründen, in denen diejenigen Menschen zu ihr und anderen ausgesuchten Lehrern kommen dürfen, die bereit sind, ihre Welt

mit unserer zu verbinden und unsere Vorgaben für die Neue Zeit wiederum als Lehrer und Lehrerinnen in die Herzen der anderen Menschen zu pflanzen.
Nur so ist eine schnelle Entwicklung durch einen „spirituellen Think tank" gewährleistet, und wir geben euch dafür immer wieder kleine Extra-Grale durch, damit ihr der Arbeit und der Ideen nie müde werdet.

Ich Arthurus sage nun Adé und Cheerio und hoffe, dass dieses Buch nicht nur meinem Namen – endlich – einen neuen (unkriegerischen) Rahmen setzt, sondern dass es Wirkung für einen langen Zeitrahmen in der Neuen Zeit haben kann.
Ich Arthurus."

Und nun zum Abschluss noch ein Text aus José Arguelles Buch: „Der Maya Faktor", Seite 172, Goldmann Taschenbuch, geschrieben im Jahre 1987 mit einer Vorhersage für den jetzigen 260. Katun nach dem Mayakalender, der von 1992 – 2012 reicht und unter der Präsenz des Sonnengeistes steht:

„Die Kampagne für die Erde" wird die erste Wendung zurück zum evolutionären Hauptstrom sein – von dessen gerader Linie die spätindustrielle Zivilisation erstaunlich weit abgekommen war. Sie wird von archetypischen Gestalten angespornt werden – Menschen, die jetzt die Eindrücke ausagieren werden, die ihnen durch galaktische Frequenzen am Tag der Harmonikalischen Konvergenz aufs Neue eingegeben wurden... Unter den wiedergekehrten archetypischen Erinnerungen und Eingebungen werden die Mythen um König Arthur und das Königreich Shambhala eine zentrale Rolle spielen. Um das Reich von Avalon wiederherstellen zu können, verlangt die archetypische Resonanz nach einem Kreis, einem Runden Tisch, um den Zwölf Ritter und ein König sitzen..."

„... Avalon ist die Erde, und das „Königreich" symbolisiert unsere bewusste, resonatorische Verantwortung für diese schöne Erde. Wie ein der Kriegerschaft verschriebener Klan werden die Ritter vom runden Tisch wiedergeboren werden. Die Zugehörigkeit wird sich durch die Bereitschaft zum Ausdruck bringen, im Namen der Erde (oder anders gesagt: im Namen des Lichtes) <mobilzumachen> und Opfer zu bringen..."

Für kommende Generationen auf der Erde und für meine Brüder und Schwestern in der Welt der Burgen mit diesem Buch dazu einen Beitrag geleistet zu haben, war eine an mich gestellte Lebensaufgabe, aber auch Freude und Ehre zugleich. Ich durchstieß „die Nebel zur Feeninsel Avalon" und kam in mein schon zu lang vergessenes zu Hause.
Anthea

Lady Guinevere, gemalt von Henry Justice Ford (1860–1941).
Date ca. 1910.
From Wikipedia. The free encyclopedia, File: Guinevereford.jpg

Weitere zurzeit erhältliche Bücher sind bei der Autorin/Verlegerin direkt zu bestellen im „Verlag LILA das göttliche Spiel" unter der im Impressum angegebenen Telefonnummer (alle Bücher sind versandkostenfrei) oder unter der E-mail-Adresse oder im Buchhandel unter der ISBN bei Books on Demand:

„MORGENSTERN – Die Seelenalter und die Neue Zeit –"
im ch. falk Verlag erschienen, gechannelt
ISBN 3-89568-065-6
Aus der geistigen Welt wird uns erzählt, wie eine Seele auf der Erde von einer Babyseele zu einer Alten Weisen Seele heranreift, um dann für immer in ihren kosmischen Seelenfamilienverband zurückzukehren.

„www.muetter-und-vaeter-der-welt.de – Ein Aufruf! –"
Verlag LILA Das göttliche Spiel, gechannelt
ISBN 3-8311-1159-6
In diesem Buch wird uns aus der geistigen Welt erklärt, inwieweit die Entzweiung von Männern und Frauen – beginnend vom Matriarchat bis zur heutigen Zeit – auch mit der Einnahme und Ausbeutung unserer Mutter Erde zu tun hat.

„Briefe an die Weltenbürger
– Neue Vorgaben für die Neue Zeit –"
Verlag LILA Das göttliche Spiel, gechannelt
ISBN 3-00-014949-X
Erzengel und die Hüter der Erde erzählen in Briefform, wie wir zusammen mit ihnen unser Leben zu einer besseren und heilen Welt gestalten können. Dieses Buch kann man wirklich als eine „Neue Bibel für die Neue Zeit" ansehen; dieses Mal nicht von uns, sondern vom Himmel geschrieben.

(Alle 3 genannten Bücher sind als Trilogie zu betrachten).

„ Die Reise nach Tschernobyl – Ein Schamane erzählt –"
Verlag LILA Das göttliche Spiel, gechannelt
ISBN 978–3–0001940–9–2
Ivor, ein nach der Katastrophe von Tschernobyl verstrahlter und daran verstorbener Schamane, erzählt der Autorin Jahre nach seinem Tod aus der geistigen Welt seine Lebensgeschichte – er erzählt von seinem Studium, seiner schamanischen Einweihung, seiner Liebe zu Olga und ihrem Unvermögen für immer zusammenzubleiben sowie von seiner Verstrahlung am Reaktor. Er will mit diesem Buch erklären, wie wichtig Schamanen auch heute noch für die Erhaltung der Umwelt und zur Erreichung eines heiligen Lebens für alle Menschen sind und wie unsere soziologischen Begebenheiten es ihm unmöglich machten, auf Dauer erfolgreich wirksam zu sein.

„Wighart der Ritter der Schwerter – Die Geschichte einer Seelenpartnerschaft über den Schleier hinweg –"
Verlag LILA Das göttliche Spiel, teilweise gechannelt
ISBN 978-3-00-027715-3
Dieses Buch stellt eine Besonderheit in der Literatur über Seelenpartnerschaften dar, weil es der Seelenpartner der Autorin aus der geistigen Welt mitgeschrieben hat. Er erzählt von der Entwicklung ihrer beider Seelen – von Lemuria bis zum heutigen Tag – in spannender und liebender Weise.

„Eure erste Erde ist nicht mehr ..."
Verlag LILA Das göttliche Spiel, gechannelt
ISBN 978-3-0003128-7-8

Die Neue Zeit ist da und der Mensch hat sich dahin entwickelt die Sprache der kosmischen Evolution noch besser zu verstehen als bisher. Und wenn nicht jetzt, kurz vor dem Aus unserer Mutter Erde, wann sollte es dann wichtig sein zu wissen, wie Gott und seine Untergotte geboren wurden und wie sie lernten Schöpfung zu betreiben und dass es bereits eine erste Erde gab, die wir auch kaputt bekommen haben.

Jetzt auch als e-book erhältlich